GEORGES SIMENON

LES TÉMOINS

PRESSES   POCKET
116, RUE DU BAC, PARIS

CHAPITRE PREMIER

LA PHARMACIE FONTANE ET LE BAR ARMANDO

Il n'y avait pas cinq minutes qu'il s'était levé pour redresser, dans la cheminée, une bûche qui avait roulé des chenets en émettant une gerbe d'étincelles et, de s'être penché sur les flammes, il en gardait la peau du visage chaude. Profitant de ce qu'il était debout, il était allé sur la pointe des pieds jusqu'à la porte toujours ouverte entre sa chambre et la chambre de sa femme.

Ou bien Laurence dormait, ou bien elle feignait de dormir, moitié assise, moitié étendue dans son lit, le haut du corps soutenu par des coussins. Elle prétendait que, couchée, elle était envahie par une angoisse intolérable, comme si elle allait mourir, et il y avait des années qu'elle ne s'étendait plus complètement. L'obscurité l'effrayait aussi et, toute la nuit, une lampe de chevet à abat-jour d'un rose presque rouge restait allumée sur sa table de nuit.

Il ne l'avait pas beaucoup regardée et était venu se rasseoir devant le secrétaire ancien qui, quand il travaillait dans sa chambre, lui servait de bureau. Il eut le temps de relire une trentaine de lignes du rapport Lamoureux avant que le premier soupir se fasse entendre dans la pièce voisine. Il s'y attendait. Cela l'aurait surpris que sa femme laisse passer cette nuit-là sans crise. Une demi-minute s'écoula avant le second soupir, moins bruyant, mais plus dramatique que le premier, et sans doute, un étranger qui se serait trouvé là et n'aurait pas connu Laurence en aurait-il voulu à Lhomond de rester assis devant son dossier ouvert, une expression d'ennui sur le visage.

Le troisième soupir ressemblait déjà à un râle. Quand on n'en avait pas l'habitude, c'était impressionnant. On aurait dit que Laurence essayait d'aspirer un peu d'air et que celui-ci s'arrêtait à mi-chemin, de sorte que le soupir, commencé bruyamment, dans un effort frémissant, s'arrêtait net et il n'y avait plus qu'un silence plus ou moins long avant qu'elle se sentît la force ou la volonté d'une nouvelle tentative.

Il finit la page, la tourna, commença une phrase du professeur Lamoureux, bourrée de termes médicaux, mais n'était déjà plus attentif à ce qu'il lisait. Il attendait un autre bruit qui n'allait pas tarder, celui de la clochette d'argent que sa femme agitait lorsqu'elle avait besoin de lui. La clochette se trouvait sur la table de nuit, à portée de sa main, près de la lampe, du verre d'eau, de la carafe, de la bouteille de médicament et des lunettes. Le jour, c'était Léopoldine, la cuisinière, que Laurence appelait en se servant de la poire électrique suspendue à la tête de son lit.

Xavier Lhomond se sentait fatigué, ce soir-là, peut-être déprimé. Toute la journée, au Palais, il s'était demandé s'il ne couvait pas la grippe et il lui était arrivé plusieurs fois de se regarder la langue dans un

miroir. Elle était grise. Ses amygdales étaient doulou-
reuses. Il s'était promis de prendre deux aspirines et
un grog en se mettant au lit mais, auparavant, il restait
fidèle à son habitude de revoir, à la veille des Assises,
le dossier complet de l'affaire.

Il en avait encore pour une demi-heure environ.
C'était normal que sa femme ne lui laisse pas le temps
d'aller jusqu'au bout. Tout à l'heure, quand il s'était
dirigé vers sa chambre, elle ne devait pas dormir. Elle
attendait. Elle choisissait toujours son moment.

Le quatrième soupir ressembla davantage à un
hoquet et, tout de suite après, la clochette tinta ; il
laissa son crayon, sa pipe, se leva et gagna la chambre
voisine.

Il ne se posait plus de questions. Depuis cinq ans
que cela durait, une sorte de routine s'était établie. Il
savait déjà qu'il trouverait Laurence la main crispée
sur son côté gauche, le regard fixe, sans expression.
Il savait aussi qu'elle ne dirait rien, comme incapable de parler, et qu'elle suivrait des yeux ses
mouvements.

A ces moments-là, on aurait vraiment dit qu'elle
se mourait et qu'elle se demandait s'il allait la laisser
partir.

Il approcha le verre d'eau des lèvres de sa femme
qui attendit d'avoir repris assez de souffle pour en
boire une gorgée. En même temps, il saisissait son
poignet entre deux doigts pour lui tâter le pouls en
regardant l'aiguille des secondes du réveille-matin. Lorsqu'il se redressa, il dit :

— Presque normal. Soixante-quatre.

C'était toujours à peu près la même chose. Parfois,
elle descendait à soixante, voire à cinquante-cinq, et,

dix minutes plus tard, le pouls était à nouveau à soixante-dix.

Elle tourna la tête pour lui désigner des yeux le flacon sur la table de nuit et ce mouvement souligna la maigreur de son cou, qui était devenu un cou de vieille femme. Ce geste-là aussi, il savait ce qu'il signifiait. Elle savait qu'il le savait. Elle devait se demander ce qu'il allait faire. Il était minuit quarante. Il avait plu toute la journée et toute la soirée. Il devait pleuvoir encore. Or, la bouteille était vide.

C'était sa faute à lui, soit. Il était de mauvaise humeur, après le dîner, en grande partie parce que l'affaire Lambert le préoccupait. Laurence en avait profité pour se plaindre d'une gouttière crevée quelque part dont le glouglou l'agaçait.

— Qu'est-ce que tu veux que j'y fasse ? Que j'appelle le plombier, à cette heure-ci ?

Elle n'ignorait pas que le cas Lambert lui causait du souci et même de l'inquiétude. Si la gouttière n'avait pas crevé, elle aurait trouvé autre chose, n'importe quoi, pour ne pas lui laisser sa liberté d'esprit. Il le lui avait dit. Cela lui arrivait de loin en loin de sortir ainsi ce qu'il avait sur le cœur. Il l'avait même menacée de descendre travailler dans son bureau, où il avait ses livres à portée de main. Du coup, elle en avait eu une crise, comme il fallait s'y attendre. Et lui, crispé, maladroit, avait renversé la bouteille, qui s'était brisée.

Elle le lui faisait payer. Elle avait pris son temps. A huit heures du soir, il avait proposé d'aller faire renouveler l'ordonnance.

— Ce n'est pas la peine de te déranger alors que tu as tant de travail. Je n'en aurai sans doute pas besoin cette nuit.

Il avait eu tort de l'écouter et sentit aussitôt qu'il avait tort. Mais c'était au plus fort de la pluie, avec des bourrasques qui secouaient les arbres de l'avenue Sully. Pour se rendre à la pharmacie Fontane, rue Saint-Séverin, cela ne valait pas la peine de sortir la voiture du garage, d'ouvrir la porte cochère qu'il faudrait refermer ensuite, de la rouvrir et de la refermer à nouveau au retour. C'était à la fois trop près et trop loin, assez loin, en tout cas, pour être trempé.

Pressé de se plonger dans l'affaire Lambert, il n'avait pas insisté.

Maintenant, il était en pyjama et en robe de chambre, le corps imprégné de chaleur. Il lui fallait se rhabiller des pieds à la tête, aller là-bas réveiller le vieux Fontane qui, par bonheur, était presque un ami.

— Je vais demander à Léopoldine de descendre, annonça-t-il.

Laurence ne bougea pas, la main toujours sur son sein gauche, et il sortit de la pièce, tourna le commutateur du couloir, s'engagea dans l'escalier du second étage. Il n'alluma pas dans le corridor afin de ne pas éveiller Anna, la bonne, qui dormait la porte grande ouverte. Elle sentait fort, une odeur bien à elle, épicée et rance. Quand il passa, elle se retourna d'une pièce dans son lit en poussant un grognement et en faisant grincer les ressorts.

Dès le premier coup frappé à sa porte, Léopoldine murmura, lucide :

— Oui. Je viens dans un instant.

Elle aussi avait l'habitude et ne posait plus de questions. Il redescendit, retrouva sa femme qui n'avait pas bougé.

— Je m'habille. Léopoldine sera ici dans un moment.

Il passa dans sa chambre et eut un regard navré vers ses papiers étalés. Quand il sortit, la cuisinière, enveloppée d'une robe de chambre en laine violette, était assise, résignée, à la tête du lit.

Un peu plus tard, il descendait le grand escalier, décrochait son pardessus au portemanteau, se coiffait d'un vieux chapeau. La maison, bâtie à l'époque de la Restauration, était vaste, avec des pièces spacieuses, hautes de plafond. Derrière, au fond de la cour, se trouvaient trois anciennes écuries dont une avait été transformée en garage tandis que les deux autres servaient de remise et de garde-meuble.

N'ayant que six ou sept cents mètres à parcourir, il n'alla pas chercher l'auto et utilisa la petite porte aménagée dans un des panneaux de la porte cochère. Une fois sur le trottoir, il fut surpris de voir, au lieu de la pluie qu'il croyait trouver, des flocons de neige encore inconsistants qui formaient dans l'air des hachures pâles et disparaissaient dès qu'ils atteignaient le sol. Même sur son pardessus, ils fondaient au premier contact, se transformaient en grosses gouttes très transparentes.

Il n'y avait pas un passant dans l'avenue Sully, dont la plupart des maisons étaient à peu près aussi imposantes que la sienne, datant plus ou moins de la même époque. On ne voyait de lumière que chez les Morcelle où trois autos stationnaient au bord du trottoir. On était lundi, plus exactement mardi, puisqu'il était passé minuit. Tous les lundis soirs, les Morcelle avaient un bridge et autrefois il lui arrivait souvent d'y prendre part avec Laurence. Est-ce que cette époque-là avait réellement existé ?

Il marchait vite, les mains dans les poches, mécontent d'avoir oublié sa pipe, et il lui arriva de penser à Dieudonné Lambert qui, dans sa prison, attendait l'ouverture de son procès. Il tourna à gauche en arrivant à hauteur de l'église Saint-Séverin, où commençait, avec le centre de la ville, un réseau de rues de plus en plus étroites et de plus en plus commerçantes. Un couple passa, auquel il ne fit pas attention.

La devanture de la pharmacie Fontane était peinte en vert sombre, ce qu'on appelle le vert bouteille, encore qu'il n'eût jamais vu de bouteilles de cette couleur-là. Les volets étaient baissés, à la porte aussi, mais le petit bouton blanc, à droite, surmonté des mots : « Sonnette de nuit », lui était familier.

Il toussa comme quelqu'un qui s'enroue, et sa toux résonna si fort dans la rue déserte qu'il en fut gêné. Les maisons étaient basses, serrées les unes contre les autres, des gens dormaient derrière la plupart des fenêtres.

Il attendit au moins deux minutes, sous la neige mouillée, avant de sonner à nouveau, s'assurant d'abord qu'aucune lumière n'avait paru au premier étage. Fontane ne devait pas avoir entendu. Il était vieux. Il avait au moins... Lhomond calcula, découvrit que le pharmacien n'avait pas plus de soixante-dix ans, à peine quinze ans de plus que lui. Cela le frappa car, dans son esprit, il l'avait toujours considéré comme un vieillard.

Est-ce que le docteur Chouard croyait en l'efficacité de sa potion ? Probablement pas. Peut-être ne croyait-il qu'à moitié à la médecine ? Lhomond n'avait jamais osé le pousser trop avant sur ce point car, si c'était son médecin aussi bien que celui de sa femme, il n'en était pas moins tenu au secret professionnel.

Lhomond s'était contenté, jadis, à l'époque des premières crises, de demander :

— Il y a du danger, docteur ?

— Du danger de quoi ?

— Elle peut mourir subitement ?

— Nous pouvons tous mourir subitement.

— Vous croyez qu'elle doit garder le lit ?

— Du moment que cela lui fait plaisir !

Il y avait cinq ans, maintenant, que Laurence n'avait pour ainsi dire pas quitté sa chambre et qu'il l'avait à peine vue hors de son lit.

— On peut lui donner de cette potion chaque fois qu'elle en réclame ?

— Pourquoi pas ? Cela me surprendrait qu'elle en abuse.

Il s'était souvent demandé si Chouard avait sur la maladie de Laurence la même opinion que lui. Il en avait l'impression. Mais, justement à cause de cela, il ne pouvait pas obliger le docteur à se montrer plus explicite.

— Si je vous pose la question, c'est que j'ai vu que l'ordonnance comporte de la strychnine.

— En dose tellement faible !...

Il était impossible que Fontane ne fût pas chez lui. Il y avait longtemps qu'il ne sortait plus le soir. Et où serait-il allé à cette heure-ci ? Lhomond sonna une troisième fois, recula jusqu'au milieu de la rue pour surveiller les fenêtres du premier étage. Il lui était impossible de s'adresser à une autre pharmacie, où on lui aurait peut-être ouvert, car il n'avait pas l'ordonnance avec lui.

Fontane devait être devenu un peu sourd. Sa femme, elle, était sourde et, les derniers temps, le pharmacien, qui lui ressemblait étrangement, avait la même façon de tenir la tête penchée vers son interlocuteur.

On ne voyait qu'une seule lumière, rougeâtre, au coin de la rue Saint-Séverin et de la rue Bresson. Le mot *Armando* se dessinait au néon au-dessus d'une devanture. C'était un bar, le seul ouvert tard dans la nuit, où Lhomond n'avait jamais mis les pieds, mais dont il connaissait l'existence par les rapports de police.

Si Fontane n'entendait pas la sonnette de nuit, il entendrait la sonnerie, plus bruyante, du téléphone.

Lhomond marcha jusqu'au coin de la rue, se retournant deux ou trois fois pour s'assurer qu'il n'y avait toujours pas de lumière au-dessus de la pharmacie. Résigné, il poussa la porte du bar et se trouva enveloppé d'une vie chaude et bruissante. L'endroit ne ressemblait pas aux autres cafés de la ville. C'était un bar américain comme il n'en avait vu qu'à Paris, avec un long comptoir d'acajou, quelques tabourets haut perchés, des photographies d'artistes et de boxeurs sur les murs, le tout baigné d'une lumière d'autant plus indécise que la pièce était pleine de fumée.

Il ne regarda rien ni personne en particulier, eut seulement l'impression qu'un visage de femme, au bar, lui était vaguement familier, demanda à un homme en veste blanche :

— Je peux téléphoner ?

— Je vous donne un jeton...

Il tendit sa monnaie, gagna le fond de la salle en se faufilant et s'enferma dans la cabine vitrée. Cette fois, Fontane répondit et Lhomond lui dit ce qu'il avait à lui dire cependant qu'à travers la porte il voyait quatre hommes jouer au poker avec, devant eux, des piles de jetons rouges, blancs et bleus.

Dans l'établissement se trouvaient sans doute des personnages qui avaient eu ou qui auraient un jour affaire à lui. Cela le gênait. Il se sentait presque cou-

pable d'y être entré et, tout naturellement, en voulut
à sa femme.

Est-ce que, devant Léopoldine, elle se croyait obligée de garder la pose et le regard fixe de quelqu'un qui
sent la vie s'échapper de son corps ? Il traversa la salle
sans rien regarder, avec l'impression que tous les yeux
étaient fixés sur lui, ouvrit la porte, fonça droit devant
lui dans la rue et faillit se heurter à un homme et
à une femme qui passaient en tenant chacun un para-
pluie.

Il balbutia :

— Je vous demande pardon...

Ce n'est que quand l'homme, après avoir fait quelques pas, se retourna, qu'il reconnut le conseiller Frissart qui, demain, allait être son second assesseur. Ils
ne se saluèrent pas. Ce fut étrange. Peut-être Frissart
ne l'avait-il pas reconnu ? Dans ce cas, pourquoi se pen-
chait-il sur sa femme qui, quelques mètres plus loin,
se retournait à son tour d'un mouvement furtif ?

Ils allaient dans la même direction. Lhomond suivait le couple, qui hâtait le pas et qui, maintenant, évitait de parler. Les Frissart prirent, à droite, la rue des
Abbesses, où ils habitaient et, de leur seuil où les
deux parapluies s'étaient immobilisés, ils durent le voir
passer.

Chez Fontane, une fenêtre du premier était éclairée
et de la lumière filtrait sous la porte de la pharmacie.
Le vieux Fontane n'était pas descendu en robe de
chambre, mais avait pris la peine de passer un panta-
lon et un veston noirs. Comme il faisait froid, en bas,
sa femme lui avait fait mettre autour du cou une
écharpe tricotée.

— Je ne comprends pas que ma femme et moi
n'avons rien entendu. Je suppose que ce sont les

batteries qui sont usées. Je vérifierai demain matin.

Il avait un nez long, terminé par un bulbe violacé, et c'était la première fois que Lhomond le voyait sans son ratelier. Il était déjà occupé à préparer la potion.

— Est-ce que je n'ai pas renouvelé l'ordonnance la semaine dernière ? questionna-t-il.

— Je crois que ma femme a envoyé la bonne, oui. Jeudi ou vendredi.

Fontane paraissait surpris. Comme Lhomond avec le docteur, il n'osait pas insister, se contentait de demander, comme sans y attacher d'importance :

— Elle a été plus mal ces derniers jours ?

— Non. Elle est toujours la même. Seulement, ce soir, il m'est arrivé de laisser tomber la bouteille, qui s'est brisée. J'espérais qu'elle n'en aurait pas besoin cette nuit...

Les flacons, les bocaux, les piles de spécialités et les réclames, autour d'eux, dans la lumière d'une seule ampoule, étaient presque aussi familiers au juge qu'au pharmacien, car il y avait plus de quarante ans qu'il se fournissait chez Fontane; il y venait déjà, enfant, à une époque où les comptoirs étaient trop hauts pour lui et où il devait se hisser sur la pointe des pieds.

— J'espère qu'elle se sentira mieux demain, dit le vieux.

— Je l'espère aussi.

Ce n'était pas vrai. Elle n'était jamais bien pendant une session des Assises. Plus il était occupé, plus il avait de tracas et de responsabilités, plus elle éprouvait le besoin de lui compliquer l'existence. L'étrange, c'est qu'il ne lui en voulait pas. De temps en temps seulement, comme c'était arrivé après le dîner, il avait un mouvement d'impatience auquel il était incapable de résister. Il était lucide. Il la connaissait, ne nourrissait aucune illusion à son sujet. Pourquoi lui en aurait-il voulu ?

En le reconduisant jusqu'à la porte pour mettre la barre derrière lui, Fontane remarqua, avec une certaine excitation dans la voix :

— On dirait qu'il neige !

— Oui. Mais la neige ne tiendra pas.

Cela n'avait plus d'importance, ni pour l'un ni pour l'autre. Ils ne jouaient plus dans la neige, n'en faisaient plus des bonhommes et n'y traçaient plus des glissoires. Que la neige tienne ou ne tienne pas, cela ne compte que pour les enfants. Pour des gens de son âge et, à plus forte raison de l'âge du pharmacien, cela représente seulement de l'inconfort, la nécessité de chausser des caoutchoucs, de faire déblayer le trottoir, ou encore, avec l'auto, de courir des risques supplémentaires d'accident.

Cela le frappa et il y pensa pendant un bout de chemin. Pourquoi, chaque année, continuait-il à dire avec la même nostalgie :

— Elle tiendra.

Ou :

— Elle ne tiendra pas.

Les invités, chez les Morcelle, étaient partis et une seule fenêtre, au second étage, restait éclairée. Mme Morcelle et son mari devaient se déshabiller en parlant de la partie de bridge et de leurs amis.

Il chercha sa clef dans sa poche, referma la porte derrière lui, n'oublia pas de tourner le verrou. Si la maison était vaste, elle était sonore. De son lit, Laurence entendait tout et, s'il avait eu le malheur de ne pas penser au verrou, elle n'aurait pas manqué de murmurer :

— Tu sais bien que je suis incapable de dormir quand n'importe qui peut entrer.

Même le verrou mis, il devait souvent redescendre, parce qu'elle n'était pas sûre de l'avoir entendu.

Il se débarrassa de son chapeau et de son pardessus mouillés, monta l'escalier et pénétra chez sa femme. On aurait pu croire que, tout le temps qu'il avait été absent, celle-ci et la cuisinière avaient gardé une immobilité de statues. Léopoldine, dont les cheveux gris fer étaient roulés sur des épingles, avait, à ces moments-là, un visage impénétrable. Croyait-elle aux crises de Laurence ? N'y croyait-elle pas ? C'était impossible à deviner, comme c'était impossible de savoir si elle avait pitié d'elle ou non, si elle lui était dévouée ou si elle la détestait.

Il y avait dix-sept ans qu'elle vivait avec eux, depuis que son mari était mort. Elle leur faisait une excellente cuisine, rendait l'existence pénible aux bonnes, dont il fallait changer tous les quelques mois.

Ce qu'elle pensait d'eux était son affaire.

— Cela va mieux ? questionna-t-il.

Léopoldine se leva tandis que Mme Lhomond restait immobile et suivait des yeux les allées et venues de son mari.

— Il neige, annonça-t-il.

Ni l'une ni l'autre des deux femmes ne réagit. Léopoldine, près de la porte, demanda, sûre de la réponse :

— Vous n'avez plus besoin de moi ?

Il dit « non ». Elle questionna encore :

— A sept heures, comme d'habitude ?

Il se levait toujours à sept heures du matin, car il aimait travailler dans le calme de son cabinet, en bas, avant de se rendre au Palais.

Penchant la bouteille au-dessus du verre d'eau, il comptait les gouttes.

— ... neuf... dix... onze... douze !

S'il en avait laissé tomber une treizième, ou s'il n'en avait mis que onze, il aurait vu passer comme une ombre sur les prunelles de sa femme.

Elle but, tandis que la cuisinière, déjà dans le corridor, une main sur le bouton, refermait la porte.

— Tâche de ne pas t'énerver. J'ai eu du mal à éveiller Fontane.

Il savait qu'elle avait calculé le temps qu'il avait mis à se rendre à la pharmacie et à en revenir. Comme si le médicament avait un effet instantané, elle put parler, soudain, d'une voix presque naturelle.

— Je croyais qu'il y avait une sonnette de nuit.

— Elle n'a pas dû fonctionner. Il pense que les batteries sont à plat.

— Qu'est-ce que tu as fait ?

— Je suis entré dans un bar, au coin de la rue Besson, et je lui ai téléphoné. C'était plus court que de revenir ici.

Elle ne connaissait pas l'établissement Armando, qui n'existait pas à l'époque où elle menait une vie normale.

— J'ai toujours pensé que les bars fermaient à minuit.

— Pas celui-là !

— Ah !

Il lui prenait à nouveau le pouls en remuant les lèvres.

— ... soixante-six... soixante-sept... soixante-huit... Tu vois !

Il avait tort. Dix fois par jour, il avait ainsi des maladresses qu'il était incapable d'éviter alors qu'au moment d'ouvrir la bouche il se rendait compte qu'il ferait mieux de se taire. Elle n'aimait pas qu'on lui

dise que son pouls ou sa température étaient normaux,
ni qu'elle avait bonne mine, ou que ses yeux étaient
clairs.

— Tu as fini de travailler ?

— Non. J'en ai encore pour une demi-heure.

— Pourquoi ne finis-tu pas demain matin ?

A quoi bon le lui expliquer ? Ils vivaient ensemble
depuis vingt-quatre ans et elle savait qu'il ne présidait jamais une Chambre Correctionnelle, à plus forte
raison une session des Assises, sans avoir revu ses dossiers la veille au soir. Ce n'était pas indispensable.
D'autres ne le faisaient pas. Ce n'était peut-être qu'un
excès de scrupules de sa part. Peut-être même cela
indiquait-il un certain manque de confiance en lui ?
Toujours est-il que c'était devenu une habitude, presque
une superstition.

Il aurait pu insister, tenir bon. Rien ne l'empêchait
de regagner sa chambre et de terminer la revision du
dossier, sinon que, dans quelques minutes, il entendrait
Laurence soupirer à nouveau, ou s'agiter dans son lit
pour ne pas lui laisser ignorer qu'il la condamnait à
souffrir afin de satisfaire une manie.

— Bon ! Je travaillerai demain matin.

C'était plus facile de céder et peut-être au fond,
cela lui procurait-il une satisfaction un peu amère ?

— Tu n'as besoin de rien ?

— De quoi aurais-je besoin ?

— Tu n'as pas trop chaud ?

— Non.

Ils ne s'embrassaient plus, même sur le front. Il
alla se déshabiller et remit le dossier dans la serviette.
Il avait rallumé la pipe abandonnée quand la sonnette
d'argent l'avait arraché à son travail. En robe de
chambre, il se pencha sur l'âtre pour couvrir les bû-

ches de cendre grise. Le chauffage central existait dans
la maison, mais, dans sa chambre et dans son bureau,
il aimait garder un feu de bûches qu'il entretenait
lui-même.

Il passa une dernière fois dans la chambre voisine.

— Bonne nuit, Laurence.

— Bonne nuit.

Il gagna la salle de bains, revint, se mit au lit et
éteignit la lumière, tandis qu'une lueur rougeâtre continuait à lui parvenir par la porte ouverte et que les
bûches crépitaient en s'éteignant petit à petit. Il avait
oublié le grog et les aspirines, n'eut pas le courage de
se relever et s'endormit plus vite qu'il n'aurait cru.

Ce fut Anna, la bonne qu'ils n'avaient que depuis
trois mois, qui l'éveilla en lui apportant sa première
tasse de café. Elle avait dix-neuf ans et sortait d'une
maison de correction.

— J'ouvre les rideaux ?

Il dit « oui », s'assit dans son lit pour boire son
café et se sentit la tête lourde, les lèvres chaudes. Par
les deux fenêtres, il ne fit que deviner, dans l'aube
qui pointait à peine, les branches sombres des arbres
de l'avenue.

— Il neige toujours ?

— Non. Il fait froid. On dirait qu'il va geler.

Anna sentait encore le lit et la sueur.

— Je vous fais couler un bain ?

Il fit « oui » de la tête et, avant qu'elle sortît demanda :

— Comment va Madame ?

La première tâche de la bonne, en entrant chez
lui le matin, était de fermer la porte de communication.

— Je crois qu'elle dort.

Pour Anna, il n'y avait aucun doute, la maladie de

Laurence n'avait rien de tragique, et il était probable qu'avec les fournisseurs elle se moquait de sa patronne. De lui aussi, peut-être. D'une façon différente. Dès l'âge de treize ans, elle avait acquis l'expérience des hommes et, à seize ans, quand la police l'avait retirée de la circulation, c'était presque une vétérante des trottoirs de Paris et du quartier des Halles.

Etablissait-elle une distinction entre les mâles ? A ses yeux, n'étaient-ils pas tous faits de la même pâte, celle des clients dont elle avait appris les caprices et les faiblesses ?

Elle n'avait pas l'air de leur garder rancune, les considérait au contraire, y compris Lhomond, d'un œil à la fois amusé et protecteur. Elle avait dû être surprise qu'il ne lui demande rien et, au début, chaque fois qu'il leur arrivait d'être seuls, elle semblait attendre le geste auquel elle était tellement habituée. Dans son esprit, n'était-ce pas la timidité, ou la peur de sa femme, qui empêchait son patron d'agir comme les autres.

— Je dis à Léopoldine de préparer le petit déjeuner pour dans une demi-heure ?

C'était le temps qu'il consacrait d'habitude à sa toilette, et il fit « oui », attendit qu'elle fût sortie pour rejeter les couvertures et se lever.

A la mollesse de ses jambes, il fut presque sûr qu'il commençait la grippe. Il y pensait depuis huit jours. Deux ans plus tôt, à la même époque, alors qu'il avait aussi été désigné pour présider les Assises, il s'était senti mal en point les jours précédents et les trois jours qu'avait duré le procès Manière avaient été pour lui une torture. Cette fois-là, il avait un rhume de cerveau par surcroît et, chaque matin, il emportait une demi-douzaine de mouchoirs. Les journaux locaux l'en avaient

raillé gentiment, parlant, dans chaque compte rendu, du
« nez du Président ».

Il se demanda si le bain chaud lui ferait du bien
ou, au contraire, l'affaiblirait, finit par entrer dans la
baignoire, où il faillit s'endormir. Il s'écorcha en se
rasant, ce qui était encore un signe. Il lui restait à
relire le rapport des deux experts, celui du professeur
Lamoureux, pour le Ministère Public, et celui du docteur Bénis pour la Défense. Les différences, à première
vue, étaient d'autant plus académiques que les deux
praticiens n'avaient pas daigné traduire les termes tech-
niques en langage courant.

Il entendit tousser, dans la chambre de sa femme,
eut soin de ne pas y entrer, car c'était, entre eux, une
sorte de convention. Le matin, il n'allait chez elle que
s'il y était appelé, et c'était rare que, Léopoldine une
fois debout, Laurence utilise la sonnette d'argent. Parfois, même quand il restait à la maison, la journée
entière se passait sans que sa femme lui fît signe. De
son bureau, il entendait le timbre résonner dans la
cuisine, voyait parfois la bonne monter et descendre
avec des plateaux. Une vie à laquelle il restait étranger
s'écoulait dans la chambre close, et c'était seulement
le soir après dîner que commençait ce qu'on aurait pu
appeler son tour de garde.

— Vous êtes enrhumé ? lui demanda Anna quand
il se mit à table.

— Qu'est-ce qui vous fait penser ça ?

— Vos yeux, qui sont brillants. Et votre voix.

Il n'avait pas assez dormi. Le café n'avait pas son
goût habituel. Il ne mangea presque rien, gagna son
bureau et se plongea dans le dossier Lambert, qui
devenait pour lui une sorte de cauchemar.

Cela tombait d'autant plus mal que, dès le début,

il n'avait pas été entièrement satisfait par l'ordonnance de renvoi et par le rapport de la Chambre des Mises en Accusation. Honoré Cadoux, le juge d'instruction, était un magistrat consciencieux, d'une méticulosité parfois irritante. Ils avaient parlé de l'affaire ensemble quelques jours auparavant.

— Aucun doute dans ton esprit ?

Ils se tutoyaient, car ils avaient été à l'Ecole de Droit ensemble.

— Aucun. Connaissant les jurés comme je les connais, j'aurais préféré des aveux, bien entendu. Mais ce n'est pas l'homme à avouer. Je l'ai eu plus de soixante fois dans mon cabinet, ce qui m'a donné le temps de l'étudier. Jouve, son avocat, aurait préféré plaider coupable en demandant des circonstances atténuantes.

Le jour s'était levé. Les deux grandes fenêtres s'ouvraient sur l'avenue et le rez-de-chaussée était assez surélevé pour qu'on ne voie que le toit des voitures. Un côté des arbres était noir d'humidité et les branches continuaient à s'égoutter. Derrière une fenêtre ouverte, en face, une femme de chambre en bonnet blanc apparaissait et disparaissait. C'était chez les Paradès. Mme Paradès était une des plus belles femmes que Lhomond eût jamais vues, et, tout à l'heure, la nurse en cape bleue sortirait avec les deux enfants, un bébé dans sa voiture et un garçonnet qu'elle tenait par la main pour traverser les rues.

Deux ou trois fois, il se leva pour aller arranger les bûches, sans savoir s'il avait chaud ou froid, passant de l'un à l'autre.

Quand il fut temps de partir, à neuf heures et demie, et qu'il eut rangé ses papiers dans sa serviette de cuir, il hésita, se dirigea vers une des armoires, en dessous des rayons de la bibliothèque, qui servait de cave à liqueurs.

D'habitude, il ne buvait pas et, à table, coupait d'eau son vin. Faute du grog qu'il n'avait pas bu la veille au soir, il lui sembla qu'un petit verre d'alcool, cognac ou rhum, n'importe quoi, le débarrasserait de ce vague à l'âme dont il souffrait. Il n'y avait pas de verres dans le bureau. Au lieu de sonner, il alla en chercher un dans l'office, qui se trouvait à côté de la salle à manger, et, en revenant, croisa Anna qui descendait l'escalier.

Il lui sembla qu'à la vue du verre elle avait un sourire complice dont il eut honte, car c'était un peu comme si elle découvrait enfin son point faible. Il se versa néanmoins de la fine qu'il but d'un trait, comme une drogue, et qui lui fit monter le sang à la tête.

Le Palais de Justice n'était guère plus loin que la pharmacie Fontane, dans la direction opposée, au bas de l'avenue, et c'était rare qu'il prît la voiture pour s'y rendre. Il marcha, fumant la seule pipe qu'il aurait l'occasion de fumer avant la séance.

La ville était grise, d'un gris uni, avec des traces noires de pluie sur les façades de pierre. Comme il s'y attendait, il y avait beaucoup de monde sous les colonnes du Palais et deux ou trois photographes braquèrent sur lui leur appareil en disant familièrement :

— Vous permettez, Monsieur le Président ?

Il en avait l'habitude. Un vieux reporter qui « faisait » le Palais depuis l'époque où Lhomond lui-même y était entré en qualité de substitut vint lui serrer la main.

— Il continue à plaider innocent ?

— C'était encore son attitude hier après-midi.

— Dans ce cas, il n'en changera plus. A tout à l'heure.

Lhomond salua plusieurs personnes de la main tout en longeant les couloirs qui conduisaient à son cabinet. Près de la porte, il rencontra le conseiller Frissart qui avait déjà revêtu sa robe et qui, lui sembla-t-il, ne le regarda pas de la même façon que d'habitude. Il y avait dans ses yeux une curiosité mêlée de compassion et Lhomond rougit soudain en se souvenant de la façon dont, la nuit précédente, il était sorti de chez Armando et avait failli renverser Mme Frissart. Est-ce que le conseiller s'était figuré que...

Il ouvrit la bouche pour une explication, ne dit rien, car toute explication aurait été ridicule et n'aurait fait qu'aggraver son cas.

— La salle est pleine ! lui annonçait Frissart. Il y a du monde dans le couloir jusqu'à la Troisième Chambre.

— Ah !

Il dut lui dire quelque chose encore, mais ce fut si machinal qu'il ne s'en souvint pas. Après quoi, il pénétra dans son cabinet, posa sa serviette sur le bureau, retira son chapeau et son pardessus noir.

— Bonjour, Monsieur le Président, prononçait son greffier, le brave Landis, qui, en allant lui chercher sa robe dans le placard, avait la démarche furtive d'un sacristain.

— Bonjour, Landis. Votre fille va mieux ?

— Plutôt mieux, oui. Le docteur dit...

Sa fille venait de faire une méningite.

Landis l'aidait à s'habiller et, à ce moment-là, comme cela venait de se passer pour Frissart, Lhomond crut voir passer une expression inhabituelle sur le visage de son greffier. Il ne réfléchit pas tout de suite. Il pensait à plusieurs choses à la fois et il avait le sang à la tête, une chaleur déplaisante à fleur de peau.

Il fut sur le point de murmurer :

— Je crois que je commence la grippe.

Peut-être parce que le téléphone sonnait, il ne le fit pas et ce fut plus tard que le visage de Landis, avec, dans ses yeux, une surprise attristée, lui revint à la mémoire.

CHAPITRE II

LA GANTIERE DE LA RUE DES CARMES

LA SALLE, PLUS HAUTE que large, aux murs recouverts de chêne foncé, au plafond à caissons, faisait penser à une église, ou plutôt à la chapelle d'un monastère.

Déjà, dans la Salle du Conseil, toute en boiseries aussi, où la Cour attendait le moment d'effectuer son entrée, Lhomond, voyant ses collègues en robe, pensait chaque fois à des chanoines qui se préparent pour l'office dans la sacristie d'une cathédrale. Il n'y avait pas jusqu'au passage brusque de la rumeur d'une foule en attente à un silence presque religieux, au moment où l'huissier annonçait « La Cour ! », qui ne rappelât certains silences d'église, et ce n'était pas sans quelque gravité intérieure qu'il attendait que ses assesseurs fussent assis pour retirer sa toque d'un geste presque liturgique.

Cela le frappa, ce jour-là, que sa femme ne l'eût jamais vu dans ses fonctions de Président. Elle avait assisté jadis à des audiences correctionnelles, mais il ne présidait les Assises que depuis quatre ans, donc après qu'elle s'était enfermée.

Il savait que Dieudonné Lambert était au banc des accusés, à sa droite, entre deux gendarmes, et il évitait de se tourner de ce côté, laissant son regard errer sur la foule, deux ou trois cents visages éclairés par trois énormes globes électriques qui pendaient du plafond. Il faisait très chaud. Il faisait toujours trop chaud ou trop froid dans la salle et, invariablement, un des radiateurs émettait un sifflement. Lhomond pouvait prévoir aussi, par expérience, que tout à l'heure il ferait signe à l'huissier d'aller ouvrir une ou deux fenêtres. En réalité, les fenêtres elles-mêmes, de la hauteur d'un étage ordinaire, ne s'ouvraient pas, mais seulement, dans chacune d'elles, un des carreaux. Ils étaient hors d'atteinte ; on les manœuvrait à l'aide d'une cordelette et, chaque fois, le vieux Joseph en avait pour plusieurs minutes tandis que l'attention générale se concentrait sur lui.

Le juge Delanne, un des assesseurs, fut le premier à toussoter dans le silence et Lhomond toussa à son tour, d'une toux sèche, pour s'éclaircir la voix. C'était une sorte d'avertissement, de prélude. Comme s'il ne le savait pas, il s'assura qu'Armemieux, le Procureur Général, était à sa place, en robe rouge, au banc du Ministère Public, et, en passant, son regard glissa sur le visage maigre de Jouve, qui assurait la défense.

Cela devait paraître long au public. Il n'avait jamais été capable d'ouvrir une audience de but en blanc et, sans doute, au théâtre, les spectateurs des galeries auraient-ils commencé à remuer les pieds ; ici même, une toux éclata dans les rangs, puis une autre, une autre encore, et, enfin, quelqu'un se moucha bruyamment.

— Nous allons procéder à la constitution du jury.

Sa voix manquait encore de fermeté. Il se tourna vers la gauche, où une vingtaine d'hommes et de femmes, presque tous endimanchés, attendaient dans une attitude compassée.

Le greffier, dont la voix, comme la sienne, n'était pas encore au diapason, procéda à l'appel et un vieillard, dans le fond de la salle, fit :

— Plus haut !

La voix monta d'un ton.

— Vespéraux, Hubert, Joseph.

— Présent.

— Roche, Jean, Marcel, Auguste.

Une femme s'avança, tendit un papier qui était un certificat de médecin.

— Patinet, Rosalie, Catherine.

—- Présent.

Des gens, dans la salle, devaient croire que Lhomond les observait, alors qu'en réalité son regard ne faisait que passer sur les visages sans les distinguer les uns des autres.

Les noms succédaient aux noms. L'huissier, quand il en eut fini avec sa liste, procéda au tirage au sort et le premier nom à sortir fut celui d'une femme.

— Récusée ! lança Jouve, de son banc.

Il allait récuser d'autres femmes, un peu plus tard, tandis que, de son côté, l'Avocat Général récusait Gaston Roulet, le propriétaire des deux principaux cinémas de la ville.

L'avocat de la défense considérait-il que des femmes se montreraient plus sévères pour le meurtrier d'une des leurs ? L'accusateur public, de son côté, semblait croire que, de s'occuper de spectacle, de cinéma en particulier, prédisposait à l'indulgence vis-à-vis de personnages d'un certain milieu.

Cela intrigua Lhomond, le chiffonna un peu.

Il fallait retenir sept noms. Une seule femme, Mme Falk, dont le mari était entrepreneur de travaux publics, échappa, Dieu sait pourquoi, à la récusation de Jouve.

Tout le temps que se déroulaient ces formalités, Lhomond avait un mauvais goût dans la bouche et, se souvenant du regard de son greffier, tout à l'heure, dans son cabinet, se rendait compte qu'il devait empester l'alcool. Il n'en avait pris qu'un petit verre et c'était comme s'il avait bu pendant toute une soirée, peut-être parce qu'il était presque à jeun et que son estomac était vide. Il évitait de se tourner vers ses assesseurs, surtout vers Frissart qui, à sa gauche, traçait des figures géométriques sur une feuille de papier.

Est-ce que Frissart et sa femme se figuraient qu'il allait boire clandestinement, la nuit, dans les bars de la ville ?

Il ne restait qu'un juré à désigner quand Lhomond se décida à regarder dans la direction de l'accusé et rencontra le regard de celui-ci fixé sur lui. Pourquoi cela le gêna-t-il ? Il ne voulut pas détourner la tête, ni baisser les yeux. L'autre, qui l'observait peut-être depuis longtemps, ne bronchait pas non plus, occupé sans doute, de son côté, à juger, à soupeser l'homme dont, en grande partie, son sort dépendait.

C'était un garçon de trente-deux ans, mince et musclé, vigoureux, aux cheveux drus, aux yeux bruns pleins d'insolence. Il ne se montrait ni impatient ni nerveux et, entre les deux gendarmes aux képis galonnés, paraissait plus à son aise que la majorité des spectateurs.

S'il ne souriait pas, il n'y en avait pas moins, sur son visage, comme une ironie un peu méprisante.

Ceux des jurés que le sort n'avait pas retenus ou qui s'étaient vus récusés s'en allaient à contrecœur, après avoir vainement cherché des yeux une place libre dans la salle. Les autres s'asseyaient sur les bancs qui leur étaient réservés, avec au milieu d'eux Mme Falk, en noir, un petit chapeau à plume sur la tête.

Lhomond avait les mains moites. Il était sûr, maintenant, qu'il commençait la grippe. Comme des conversations s'engageaient à voix basse, il donna un coup de marteau, s'essuya le front de son mouchoir, commença, tourné vers Lambert :

— Vos nom et prénoms.

L'avocat Jouve se tourna pour faire signe à son client de se lever.

— Lambert, Dieudonné, Jean-Marie, répondit une voix claire.

— Lieu et date de naissance.

C'était le traditionnel interrogatoire d'identité et les réponses succédaient aux questions comme les répons aux versets dans le rituel de la messe. Lambert, rasé de près, avait encore un peu de talc près du lobe de l'oreille. Il portait un complet bleu foncé comme on en voit le dimanche à la plupart des paysans et Lhomond se demanda si ses souliers étaient jaunes.

— Nom et profession de votre père.

— Lambert, Auguste, René, ouvrier de filature.

— Vivant ?

— Je n'en sais rien.

— Vous ignorez si votre père est vivant ?

— Je l'ai vu pour la dernière fois à Roubaix, voilà

quinze ans, et nous ne nous sommes jamais rencontrés ou écrit depuis.

— Votre mère ?

— Marie Lambert, née Le Clérec.

— Vivante ?

Il y eut un mouvement imperceptible dans la salle
et on attendit sa réponse avec curiosité.

— Je crois. C'est probable.

— Vous n'en êtes pas sûr ?

— Non.

— Votre profession.

— Mécanicien au garage Hulot et Sandrini, rue de
Bordeaux.

— Marié ?

Il hésita une seconde et, sentant l'auditoire suspendu
à ses lèvres, se tourna dans cette direction pour laisser
tomber comme un défi :

— Veuf.

— Vous avez des enfants ?

— Non.

Il ne s'était encore rien passé, que les formalités
courantes, et déjà il y avait des remous dans la foule.
Maître Jouve, qui les sentait, commençait à s'agiter,
mal à l'aise, à son banc.

— Asseyez-vous.

C'était à l'avocat, à présent, que le Président devait
adresser l'avertissement rituel.

— ... Que vous ne direz rien contre votre conscience
ou contre le respect dû aux lois et que vous vous
exprimerez avec décence et modération...

Jouve, long et dégingandé, les cheveux rares, roussâtres, des verres épais sur les yeux, se rasseyait comme
un écolier en acquiesçant de la tête. Il avait à peine
passé la trentaine et c'était sa première cause im-

portante, la première fois, si Lhomond ne se trompait pas, qu'il plaidait aux Assises.

Joseph, le vieil huissier, s'approchait des jurés, à qui il faisait signe de se lever, et Lhomond récitait à leur intention le petit discours prévu par la loi.

— ... Vous jurez devant Dieu et devant les hommes...

Il connaissait ces phrases-là par cœur.

— A l'appel de votre nom, levez la main et prononcez distinctement :

« — Je le jure ! »

Il y eut un éclat de rire, le premier, hésitant, nerveux, au moment où Mme Falk lança d'une voix haut perchée, en regardant le Président dans les yeux :

— Je le jure, Monsieur le Juge !

C'était au tour du greffier de lire l'acte de renvoi et l'acte d'accusation. Il le fit sur un ton monotone, très vite, sachant que personne ne l'écoutait, et les gens des premiers rangs commencèrent à se retourner pour savoir qui se trouvait derrière eux, des signes de la main s'échangèrent, tandis que l'accusé, ses deux mains à plat devant lui, examinait les visages les uns après les autres.

Frissart se pencha, murmura :

— A quelle heure avez-vous l'intention d'ordonner une suspension ?

La grosse horloge électrique, au fond de la salle, au-dessus de la porte qu'on avait laissée ouverte à cause des spectateurs qui débordaient dans les couloirs, marquait onze heures.

— Probablement vers midi et demi, répondit Lhomond en se tenant la main devant la bouche.

Il connaissait par cœur les textes qu'on lisait. Les jurés, au courant des faits par les journaux, n'écoutaient pas plus que lui, mais prenaient un air intéressé et l'un d'eux crayonnait des notes sur une feuille de papier.

Petit à petit, comme quand un brouillard se dissipe lentement, les spectateurs, qui n'étaient au début qu'une masse anonyme, en émergeaient et acquéraient chacun sa personnalité ; les visages se détachaient les uns des autres et, par-ci par-là, Lhomond reconnaissait des figures. Au premier rang, par exemple, à côté d'une amie dont il ne se rappelait pas le nom, Mme Frissart semblait partager l'importance de son mari. Elle était vêtue d'un manteau d'astrakan et, comme on tient un programme au théâtre, avait un journal sur les genoux.

Beaucoup d'avocats, certains en robe, venaient jeter un coup d'œil avant de plaider dans une autre Chambre et la plupart se tenaient debout près de la porte des témoins.

— Il paraît que cinq journalistes de Paris sont arrivés, souffla le juge Delanne, qui était le Premier Assesseur.

Le radiateur le plus proche du jury émettait son sifflement et un des hommes se retournait constamment avec inquiétude, comme s'il craignait une explosion.

Il faisait très chaud. Lhomond adressa un signe à Joseph, qui se dirigea vers l'une des fenêtres, entraînant avec lui l'attention générale, cependant que le regard de Lhomond accrochait une spectatrice assise au huitième ou au neuvième rang.

Le greffier lisait toujours et les toux se répondaient d'un coin de la salle à l'autre.

Lhomond avait froncé les sourcils en même temps que deux images se superposaient dans son esprit. Il était à peu près sûr que la femme du huitième rang était celle qu'il avait entrevue la nuit précédente sur un des hauts tabourets de chez Armando et qui, déjà alors, lui avait paru familière.

Maintenant, il comprenait pourquoi et, quand la femme se trouva à tourner vers lui son visage, il se hâta de regarder ailleurs.

Cela datait d'au moins sept ans, sept ans exactement, car c'était l'année qu'ils avaient passé leurs vacances à Royan. Il n'existait aucun rapport entre la spectatrice et Royan, mais il n'en savait pas moins que les deux événements s'étaient déroulés la même année.

Il avait le nom au bout de la langue. Son prénom était Lucienne, il en était sûr, parce qu'il avait remarqué que c'était celui d'une cousine de sa femme et qu'il existait une certaine ressemblance entre elles. Méra ? Non. Le nom comportait un « a » quelque part, mais ce n'était pas Méra. C'était d'ailleurs sans importance. Ce qui le surprenait, c'est qu'elle fût encore dans la ville. Est-ce qu'elle habitait toujours la rue des Carmes ? Avait-elle encore sa ganterie ?

Il aurait préféré ne pas penser à ces choses-là aujourd'hui. Les détails ne lui en revenaient pas moins les uns après les autres tandis que la voix du greffier continuait à se faire entendre, neutre et grise comme la toile de fond d'un photographe.

Frissart, à sa gauche, dessinait toujours, des initiales, à présent, qu'il agrémentait d'arabesques. Quant au juge Delanne, gras et affligé d'un triple menton, il se tenait renversé en arrière, les mains croisées sur le ventre et, derrière ses paupières mi-closes, ses petits yeux procédaient à l'inventaire du public.

Cette femme-là, à qui le regard de Lhomond revenait sans cesse, il l'avait rencontrée à la Première Chambre Civile et, s'il ne se trompait pas, elle avait

alors vingt-huit ans, ce qui lui en donnait trente-cinq
à présent. Elle n'avait pas beaucoup changé. Pour
autant qu'il en pouvait juger de loin, elle avait gardé,
sinon augmenté, cette qualité qui l'avait tant frappé
chez elle et qu'il aurait été en peine de définir, sinon
par comparaison.

Par exemple, Laurence, ou Mme Frissart, ou la
plupart de leurs amies, ne la possédaient pas. On
les sentait nées pour devenir des épouses, des maîtresses de maison, surtout des maîtresses de maison, et,
pour la plupart, des mères de famille.

D'un autre côté, Mme Paradès, qui était mariée
aussi, maîtresse de maison et qui avait deux enfants,
possédait cette qualité à un degré presque égal à la
femme qui se trouvait dans la salle.

Il n'en avait pas rencontré beaucoup. On en voit
au théâtre, au cinéma, mais sans doute est-ce souvent
un rôle qu'elles jouent et sont-elles différentes dans la
vie de tous les jours ?

Aurait-il épousé une femme comme elle et aurait-il
été plus heureux ? Il ne se posait pas la question.
C'était vague. Cela venait de loin, de ses rêves de
jeune homme, quand il croisait certains couples dans
la rue et imaginait leur intimité.

— Affaire Sauveur contre Girard.

Le nom lui était revenu : Lucienne Girard ! Et
c'était en octobre, un peu après la rentrée, dans la
grisaille de la Première Chambre où il n'y avait qu'une
poignée de plaideurs, d'avoués et d'avocats, et où elle
avait soudain apporté une bouffée de féminité par-
fumée.

Elle était vêtue de soie noire, comme elle l'était
aujourd'hui, et cela devait constituer pour elle une
sorte d'uniforme.

Alfred Sauveur, quincaillier, propriétaire d'un immeuble sis au 57, rue des Carmes, réclamait au tribunal l'expulsion de sa locataire, Lucienne Girard, ainsi qu'une somme importante en dommages et intérêts pour avoir utilisé les locaux qu'elle occupait à des fins illégales, en l'occurrence à la prostitution clandestine.

Cette fois-là aussi, Lhomond s'était éclairci la voix avant de questionner :

— Vous reconnaissez les faits qui vous sont reprochés ?

Elle avait répondu simplement :

— Non, Monsieur le Juge.

— Le plaignant précise qu'avec la complicité d'une certaine...

Ce nom-là, il l'avait tout à fait oublié. Il s'agissait d'une jeune fille, qui avait en réalité vingt et un ans, mais qui en paraissait dix-sept, tant elle était frêle, et probablement anémique. Elle n'avait pas comparu. Il avait eu l'occasion de la voir par la suite.

— C'est ma vendeuse, Monsieur le Juge. Je tiens un commerce de ganterie, dans le magasin que j'ai loué à ce monsieur et pour lequel je paie régulièrement le loyer...

Elle n'avait pas d'avocat et refusait d'en prendre. Par contre, elle apportait dans son sac à main des attestations du commissaire de police du quartier et de deux autres policiers.

C'était la seule fois de sa carrière qu'il n'avait pas apporté une intégrité totale à l'exercice de ses fonctions. Il avait remis le jugement à huitaine. Elle était venue le voir, deux jours plus tard, un matin vers onze heures, dans son cabinet où il se trouvait

seul. Elle ne jouait pas les martyres, n'essayait pas de
se faire passer pour une jeune fille innocente.

Pourquoi penser à cela maintenant, alors qu'il ne
se sentait déjà pas d'aplomb ? Il avait été tenté de
profiter de la situation, sachant qu'elle était venue
pour ça, que son sourire, ses attitudes et jusqu'à sa
voix étaient une invitation.

Il ne l'avait pas fait, sans doute par crainte autant
que par vertu.

Sur le terrain juridique, d'ailleurs, comme presque
toujours quand il s'agit de prostitution, il n'y avait
pas de preuves formelles. Sauveur, le plaignant, n'avait
amené à la barre aucun témoin affirmant avoir versé
de l'argent en échange de faveurs déterminées.

Lhomond l'avait débouté. Des semaines avaient
passé, deux ou trois mois, jusqu'au soir où, délibéré-
ment, sachant ce qu'il faisait et ce qu'il allait chercher, il était passé par l'étroite rue des Carmes. Le
magasin était minuscule, avec une douzaine de paires
de gants d'homme et quelques cravates en vitrine.

C'était un des souvenirs les plus ridicules de sa
vie. Il était entré, avec une sensation si déplaisante
dans la poitrine qu'il y avait porté la main à la
manière que devait adopter Laurence deux ans plus
tard. On voyait une portière de velours sombre au
fond de la boutique et la personne qui y était apparue
n'était pas Lucienne, comme il l'avait espéré, mais la
vendeuse qui paraissait dix-sept ans.

— Mlle Girard n'est pas ici ?

Cela semblait irréel, avec le recul. On devait être
en décembre ou en janvier car, à cinq heures de
l'après-midi, il faisait noir. Des silhouettes sombres
passaient sur le trottoir et le magasin était si mal
éclairé qu'il y flottait comme une poussière jaunâtre.

Il se souvenait d'un radiateur à gaz, près du comptoir.

— La patronne est occupée, mais si vous voulez entrer un moment...

Il avait ouvert la bouche pour répondre :

— Je reviendrai.

Sans doute ne serait-il jamais revenu. Parce qu'elle avait déjà soulevé la portière de velours, il l'avait suivie, par timidité, par gaucherie plutôt que pour toute autre raison, et ils s'étaient trouvés tous les deux dans un réduit meublé d'un divan aux coussins bariolés et d'un fauteuil.

— Vous êtes déjà venu ?

— Non.

— Vous connaissez Mme Lucienne ?

Elle était trop blonde, avec un teint trop clair et deux petits seins en poires qui pointaient sous sa robe.

— Vous croyez qu'elle en a pour longtemps ?... demanda-t-il.

Elle sourit, se tournant machinalement vers un escalier en colimaçon qui, du fond de la boutique, conduisait à l'entresol.

— Vous n'avez pas une cigarette ?

— Je ne fume que la pipe.

— Cela ne fait rien.

Faute d'espace, il s'était assis dans le fauteuil et elle tournait, hésitante, autour de lui.

— Vous êtes de la ville ?

— Oui.

— Vous ne connaissez pas la maison ?

— Seulement depuis quelques semaines.

Prenant soudain son parti, elle s'était assise sur ses genoux, et de sentir qu'elle était nue sous sa robe avait déclenché le désir de Lhomond.

Il n'avait pas vu Lucienne. Il n'était pas resté plus d'un quart d'heure et, dans la rue, une odeur d'alcôve continuait à coller à sa personne.

Il n'était plus passé par la rue des Carmes. Maintes fois, il avait fait un détour pour l'éviter. C'était la première fois, après sept ans, qu'il revoyait la femme en noir, là, dans les rangs du public, et, à certain moment, il lui sembla qu'elle et l'accusé échangeaient des regards confiants, comme des gens appartenant à un même milieu qui se retrouvent dans une foule étrangère.

Elle ne le regardait pas, lui ; tout au moins ne le regarda-t-elle pas de tout le temps qu'il l'observa et il se rendit soudain compte que la voix du greffier s'était tue, que ses deux assesseurs étaient tournés vers lui.

Il fut tenté de se coiffer et de reporter l'interrogatoire de Dieudonné Lambert à la séance de l'après-midi. Il avait parlé à Frissart de midi et demi. Il n'était pas midi. Les reporters, jusqu'ici, n'avaient rien à téléphoner à leur journal.

Il lui restait, avant l'interrogatoire, à procéder à l'appel des témoins dont il passa la liste au greffier.

A l'énoncé de son nom, chacun se levait et était dirigé vers une petite porte par laquelle il disparaissait, de sorte que des vides se créaient dans la salle, aussitôt comblés par des gens qui se précipitaient du couloir.

— Levez-vous, dit-il à Lambert.

Cela lui était arrivé dix fois, quatorze fois exactement de jouer le rôle qu'il jouait aujourd'hui, mais c'était la première fois qu'il en éprouvait un malaise, comme si un voile était tendu entre lui et la réalité, ou comme si la réalité se trouvait déformée. Ou bien

était-ce le contraire, était-ce cette fois-ci que les visages lui apparaissaient dans leur vérité crue ?

— Vous avez entendu la lecture de l'acte d'accusation ?

Lambert hocha la tête. Jouve se tourna vers lui afin
qu'il réponde :

— Oui, Monsieur le Président.

— Vous avez conscience de la gravité des charges
qui pèsent contre vous ?

Lambert regarda son avocat, s'attendant à ce que
celui-ci lui souffle ses réponses.

— Oui, Monsieur le Président.

— Lorsque vous répondez, tournez-vous vers Messieurs les Jurés.

Les sept têtes, y compris celle de Mme Falk et son
chapeau à plume, au-dessus du banc des jurés, devaient apparaître à l'accusé sous un jour spécial, car il
ne put refréner un sourire. Et c'était vrai que, rangés
comme ils l'étaient, s'efforçant de se montrer solen-
nels, ils avaient quelque chose de ridicule et semblaient
poser pour le photographe. Ce n'en était pas moins
eux qui, tout à l'heure ou demain, décideraient en dernier ressort de sa vie ou de sa mort.

— Bien, Monsieur le Président.

Il y avait, chez Lambert, de la confiance narquoise
qu'on sent les jours de foire aux farauds de village.

— Vous avez une déclaration à faire ?

Cette fois, il ne prit pas langue avec son avocat,
lança d'une voix claire, comme s'il avait préparé sa
réplique depuis longtemps :

— Je suis innocent.

Lhomond l'observa, surpris, se pencha vers les pages
sur lesquelles il avait préparé les questions à poser.

— Combien de condamnations avez-vous encourues ?

— Trois. Je suppose que je ne compte pas la fois où j'ai été acquitté ?

— Quel âge aviez-vous quand vous avez été condamné la première fois ?

— Dix-sept ans.

— Quel chef ?

— Vous dites ?

— Je vous demande quel délit vous aviez commis.

— Vol de bicyclette. C'est ce qu'ils ont dit. Je continue à prétendre, parce que c'est la vérité, que je n'avais fait que l'emprunter et que j'avais l'intention de la rendre.

— Où cela se passait-il ?

— A Paris, dans le XXᵉ arrondissement.

— Vous travailliez régulièrement ?

— Quand je trouvais de l'embauche.

Dans la foule, Lhomond chercha sans le vouloir le visage de la femme en noir et eut l'impression d'y lire un certain attendrissement.

— Les rapports de police vous donnent, à cette époque-là, comme vivant le plus souvent avec des femmes qui pourvoyaient à vos besoins.

— J'ai eu des amies.

— Passons. La seconde condamnation ?

— A Marseille.

— La raison ?

— Coups et blessures. Une rixe a éclaté, dans un bar du Vieux-Port, et, naturellement, c'est moi que la police a piqué.

— Vous teniez encore à la main le goulot d'une bouteille brisée.

— Je me suis défendu.

On aurait pu croire que, pour lui, c'était un jeu. Il était assez fier, au fond, d'être le centre de l'attention générale et ses réponses s'adressaient davantage à la galerie qu'aux magistrats et aux jurés.

— Votre troisième condamnation ?

— Attendez que je me souvienne...

Un rire fusa et le Président saisit son marteau, mais le rire mourut avant qu'il ait eu le temps de s'en servir.

— C'était à Lyon. J'avais voyagé dans un train de marchandises...

— L'enquête a établi que vous vous êtes, en effet, introduit dans un wagon de marchandises, non dans le but de voyager gratuitement, mais pour y dérober des colis qu'un complice en auto attendait à proximité du passage à niveau.

— J'avais dix-neuf ans.

Lhomond consulta ses notes, hocha la tête.

— C'est exact. Je vois ici que vous avez accompli votre service militaire en Algérie.

— Et j'ai fini comme caporal.

— Contentez-vous de répondre à mes questions.

— Bien, Monsieur le Président.

— A quelle époque avez-vous rencontré Mariette Le Bras ?

— Il y a six ans, à Montluçon.

— Que faisiez-vous à Montluçon ?

— Je travaillais comme conducteur de camion chez Michelin.

— Elle travaillait dans la même usine ?

— Non. Elle était serveuse dans un restaurant.

— Quel âge avait-elle ?

— A ce moment-là ?

Il calcula, le front plissé.

— Dix-huit ans.

— Elle vivait avec sa famille ?

— Sa famille habite le Finistère.

— Elle vivait seule ?

— Quand je l'ai rencontrée, en tout cas. Avant, il lui était arrivé d'habiter avec Pierre et Paul.

Lhomond fixa sans le vouloir le visage de Mme Frissart et la vit lever les yeux au ciel comme si elle exprimait ainsi tout ce qu'elle pensait de l'affaire. Elle avait environ quarante-cinq ans, était très brune, si mal maquillée que sa bouche avait l'air d'une blessure saignante. Elle était née Crucher, et quand Frissart l'avait rencontrée, elle était vendeuse dans un magasin de l'avenue Gambetta.

— Vous ne l'avez pas épousée tout de suite ?

— Non, Monsieur le Président.

— Vous viviez néanmoins maritalement avec elle ?

— Nous couchions dans la même chambre.

— Quand l'avez-vous épousée ?

— Deux ans plus tard.

— Pour quelle raison vous y êtes-vous décidé ?

— Je suppose que c'est parce qu'elle en a eu envie.

— Et vous ?

— J'aurais mieux fait de rester tranquille. Je ne serais pas ici.

Cette fois, Lhomond dut se servir de son marteau, car une rumeur qui allait en s'amplifiant montait de la foule.

— Je prie les gardes de faire sortir immédiatement toute personne qui sera prise à manifester.

Le silence se rétablit tandis que l'accusé approuvait de la tête, se tournait vers les spectateurs avec l'air de dire que c'était bien fait pour eux.

Lhomond fut un moment à s'y retrouver dans ses notes. Ce n'était pas pour se créer un succès d'audience qu'il avait conçu son questionnaire, mais, sincèrement, dans le but de fournir aux jurés une image aussi complète que possible de l'accusé et de son lieu. Cela lui paraissait aussi important, en l'occurrence, que les faits eux-mêmes. Ce n'était pas sa faute si Lambert choisissait une attitude qui, s'il continuait, allait dresser tout le monde contre lui. Le gros Delanne murmurait déjà en se penchant :

— Cynique !

A quarante-cinq ans, il était célibataire et certains prétendaient qu'il était pédéraste, le fait est qu'on le voyait plus souvent entouré de jeunes gens que de jolies femmes. Il avait les ongles noirs, les vêtements graisseux.

— Où et quand vous êtes-vous mariés ?

— Au Havre, je ne sais plus en quelle année. Il y a quatre ans. Comptez. C'était le 11 juin.

Il se comportait en acteur qui sent le public suspendu à ses lèvres et ne peut s'empêcher de forcer son rôle.

— J'avais décidé d'aller vivre au Canada et on m'avait dit que je ne pourrais pas emmener Mariette si nous n'étions pas mariés.

— Vous n'êtes pas allé au Canada ?

— On m'a refusé mon passeport.

— Votre femme et vous n'avez pas d'enfants ?

— Pas vivants, non.

Ses mâchoires s'étaient durcies.

— Vous voulez dire que vous avez eu un enfant mort-né ?

— Oui.

— Vous savez que votre femme était enceinte quand elle a trouvé la mort ?

— C'est différent.

— Expliquez-vous.

— Elle a été enceinte au moins dix fois en quatre ans.

— Et chaque fois, elle a recouru à des mesures abortives ?

— Elle les faisait partir.

— Elle-même ?

— Oui.

— Toute seule ?

— Un de ses amis, un étudiant en médecine, lui a appris le truc.

— Vous étiez complice ?

— Je ne m'en occupais pas.

— Cela vous était indifférent ?

— Il y avait plus de chances que ce soit à d'autres qu'à moi.

Sans attendre que le public manifeste une fois de plus, Lhomond saisit son marteau et il n'y eut que comme un soupir rentré.

— Vous aimiez votre femme ?

— Pourquoi, autrement, serais-je resté avec elle ?

— Vous n'aviez jamais eu l'intention de demander le divorce ?

— Jamais.

— Elle avait des amants ?

— A la pelle.

— Vous le saviez ?

— Des fois, je le savais. D'autres fois pas. Au début, elle se cachait. Après plus.

— Vous étiez consentant ?

Lambert lui lança un regard si méprisant que Lhomond regretta sa question. C'était pourtant un côté du caractère de l'accusé qu'il se devait de mettre en lumière.

— Vous étiez jaloux ?

— Oui.

— Des témoins déposeront tout à l'heure que vous battiez votre femme. Vous le reconnaissez ?

— Oui.

— Reconnaissez-vous aussi qu'une fois, il y a un an environ, le médecin a été obligé à la suite d'une scène violente entre elle et vous de lui faire plusieurs points de suture à la tête ?

Sa bouche s'étira dans un rictus satisfait.

— Exact.

— Pendant les deux dernières années, vous avez travaillé pour le même employeur.

— Hulot et Sandrini. Ils n'ont rien à me reprocher.

— Une ou deux fois par semaine, vous rentriez chez vous ivre et parfois ivre mort.

Il ne répondit pas, comme si la réponse allait de soi, et le juge eut l'impression de retrouver le goût du cognac dans sa bouche.

— Au moment de la mort de votre femme, vous aviez une maîtresse.

Pas de réponse.

— Vous en convenez ?

— Il m'est arrivé de voir des filles.

— L'hiver dernier, vous en avez vu une en particulier, est-ce vrai ? Je parle d'Hélène Hardoin.

— Nous étions bons amis.

— Il n'existait pas d'autres relations entre vous ?

— Cela aussi, bien sûr.

— Il ne vous est pas arrivé de lui dire que vous aviez l'intention de l'épouser ?

— Si je le lui ai dit, je n'avais pas l'idée de le faire.

— Votre femme était au courant ?

— Oui.

— Elle ne s'en montrait pas jalouse ?

— C'était la dernière, avec la vie qu'elle menait, à avoir le droit d'être jalouse.

— Il est pourtant établi que, le 7 janvier, dans un bar de la rue des Merciers, où votre femme vous a trouvé attablé avec Hélène Hardoin, elle s'est précipitée sur celle-ci, lui a arraché son sac à main qu'elle est allée jeter dans la rue en lui criant :

« — Dépêche-toi de suivre le même chemin avant que je t'arrache les yeux ! »

Lambert ne broncha pas.

— Les faits sont exacts ?

— Sauf que Mariette n'a pas fait ça par jalousie, mais parce que je venais d'acheter un manteau à Hélène.

Il était midi vingt. Malgré la fenêtre ouverte, la chaleur était devenue suffocante, mais Lhomond ne pouvait pas couper l'interrogatoire en deux par une suspension. C'était moins pour les jurés, maintenant, qu'il posait des questions, que pour lui-même.

Cadoux, le juge d'instruction, ne doutait pas de la culpabilité de Lambert. Mme Frissart, tout à l'heure, avait levé les yeux au ciel d'une façon éloquente et le juge Delanne avait murmuré, comme un jugement sans réplique :

— *Cynique !*

Lucienne Girard, elle, la femme en noir de la rue des Carmes, avait souri à Lambert, continuait à lui sourire comme si elle comprenait, comme si tous les deux parlaient la même langue.

— Voulez-vous raconter à Messieurs les jurés, avec

tous les détails à votre connaissance, les événements du 19 mars dernier ?

Lambert se balança un moment en silence, ne sachant par quel bout commencer, regardant le Président pour lui demander conseil. Ce fut son avocat qui se leva à moitié et lui parla à l'oreille.

— C'était un samedi, dit-il alors d'une voix hésitante. J'ai travaillé au garage jusqu'à six heures de l'après-midi et j'en suis sorti avec un copain. Nous avons bu deux ou trois verres ensemble et, dans le café, quelqu'un a parlé de Gelino.

— Qu'est-ce que vous savez de Gelino ?

— C'est un des amants de Mariette. Il est marchand forain. Chaque fois qu'il revenait en ville, de l'argent plein les poches, il l'emmenait faire la bombe.

— Continuez.

— J'ai voulu me mettre à sa recherche pour lui casser la figure, mais Fred, mon copain, m'a calmé.

Il se taisait, comme s'il avait fini.

— Que s'est-il passé ensuite ?

— J'ai accompagné mon ami jusqu'à son bus et je suis entré dans un bar.

— Seul ?

— Oui. Il y avait des consommateurs que je ne connaissais pas, mais j'étais seul.

— Vous vous rappelez le nom du bar ?

— Le *Fer à Cheval*, pas loin de l'hôpital militaire.

— Continuez.

— J'ai bu plusieurs verres, je ne les ai pas comptés, et je me suis mis en route vers la maison.

— Vous n'avez pas dîné ?

— Non. L'heure était passée.

— Dans quel état d'esprit étiez-vous ?

Lambert ne comprenait pas exactement la question.

— Avec quelle intention rentriez-vous chez vous ?

— Sans doute que j'aurais fait une scène à Mariette. Chaque fois qu'il m'arrivait de penser à Gelino ou à l'un des autres...

— Ensuite ?

— Je suis entré dans un autre bar.

— Lequel ?

— Je ne sais plus. Pas très loin de chez nous.

Lhomond, le sang toujours à la tête, était pressé d'en finir et peut-être, en allant déjeuner, de passer chez le docteur Chouard pour lui demander un remède. Il était sûr d'avoir la fièvre et se surprit à tâter son pouls, qui lui parut beaucoup plus rapide que d'habitude.

— J'ai bu jusqu'à ce qu'on me mette à la porte.

— Quelle heure était-il ?

— Je n'aurais pas été capable de voir l'heure à une horloge de gare.

— Vous vous souvenez pourtant d'être rentré chez vous ?

— Je me souviens avoir poussé la porte du rez-de-chaussée.

— Vous l'avez ouverte avec votre clef ?

— Non.

— La porte était ouverte ?

— Je n'ai eu qu'à la pousser, c'est tout ce que je sais. Même que je suis presque tombé en avant.

— Cela ne vous a pas paru bizarre ?

— Je n'ai pas pris la peine de réfléchir. J'ai crié, tourné vers l'escalier :

« — Mariette ! Viens ici, vieille... »

Il s'arrêta à temps.

— Je vous demande pardon.

— Ensuite ?

— J'ai entendu du bruit, en haut, dans la chambre. J'ai voulu monter.

— Pour quoi faire ?

Lambert le regarda sans répondre.

— Quand vous avez vu votre femme...

— Je ne l'ai pas vue.

Il parlait durement, à présent. Son regard était dur aussi.

— Je répète que j'ai entendu du bruit en haut. J'ai voulu monter. Je me suis écroulé sur les premières marches de l'escalier où le commissaire de police m'a trouvé le lendemain matin. C'est la vérité. Le reste est invention.

Il fixa le Président avec intensité, comme pour le défier de le démentir, après quoi son regard, lentement, se tourna vers le public et finit par s'arrêter sur Lucienne.

CHAPITRE III

LE RAPIDE DE PARIS
ET LE TRAIN DE MAREE

LE TROISIEME JURE s'agita sur son banc et, encouragé par Mme Falk, qui était sa voisine et qui lui parla à voix basse, finit par lever le doigt comme un écolier. Lhomond ignorait son nom, mais se souvenait de l'avoir souvent rencontré en pardessus mastic, une serviette de cuir jaune à la main, dans les rues de la ville.

C'était un homme entre deux âges, aussi gros que le juge Delanne, avec des yeux naïfs et tristes à fleur de peau et des joues couperosées.

— Le Troisième Juré a une question à poser ?

— Si vous le permettez, Monsieur le Président.

Il s'était levé, si intimidé que ses lèvres en tremblaient.

— Je voudrais savoir ce que l'accusé a bu depuis qu'il a quitté le garage.

— Quantitativement ?

— Non. Le genre de boisson qu'il a consommée. En consultant sa liste, Lhomond apprenait qu'il s'ap-

pelait Charles Lourtie et qu'il était agent d'assurances.
Il s'était rassis, soulagé, et à son aspect, à sa question,
le juge aurait juré que c'était un alcoolique honteux qui
avait maintes fois essayé de ne plus boire sans jamais
y parvenir. Sa vie devait être marquée de menus drames
quotidiens.

— Aujourd'hui, je ne prendrai pas l'apéritif...

Ou bien :

— Je n'en prendrai qu'un seul.

Peut-être avait-il essayé des boissons de toutes sortes
avec l'espoir de se débarrasser d'un besoin qui tournait
à la hantise et le faisait raser honteusement les murs ?

Lhomond le regarda avec sympathie, se tourna vers
l'accusé.

— Qu'avez-vous bu lorsque vous étiez avec votre ami
Fred ?

— Trois Pernod.

— Et ensuite, seul, au *Fer à Cheval* ?

— Je me suis mis au marc. J'avais besoin de quelque
chose de plus fort.

Lourtie semblait comprendre ça mieux que quiconque.

— Et dans le troisième bar ?

— Je ne sais plus. Je crois pourtant me souvenir que,
quelque part, j'ai bu du vin rouge.

Lhomond se tourna vers l'agent d'assurances comme
pour lui demander s'il était satisfait, interrogea des yeux
les autres jurés, l'Avocat Général et enfin le jeune Jouve.

— Pas de questions ?

En même temps, il donnait un petit coup de marteau, saisissait sa toque en murmurant :

— L'audience est suspendue jusqu'à deux heures.

Dès qu'il fut coiffé, tout le monde se leva dans la
salle, en dehors de quelques personnes, surtout des

femmes, qui, par crainte de perdre leur place, avaient apporté de quoi manger, et les gens qui se poussaient dans l'allée centrale allumaient déjà des cigarettes. Les deux gendarmes avaient escamoté Lambert, qui allait passer l'heure du déjeuner dans une pièce nue où seul son avocat aurait le droit d'aller le voir.

Dans la Salle du Conseil, Lhomond ne parla à personne. Une fois dans la rue, où régnait un froid humide, il se dirigea à grands pas vers la maison du docteur Chouard qui se trouvait presque sur son chemin.

Chouard, qui avait eu six enfants, tous mariés à présent, habitait une vaste maison blanche où sa femme et lui devaient se sentir perdus. Ils n'avaient qu'une bonne et, comme elle devait rester propre pour introduire les clients, c'était Mme Chouard qui faisait le gros du nettoyage.

— Le docteur est ici ?

— Il est encore à table.

— Voulez-vous lui dire que je n'en ai que pour un instant ?

Il régnait une bonne odeur de cuisine et c'était sans doute la maison la plus propre de la ville. Chouard parut presque tout de suite, s'essuyant la bouche de sa serviette.

— Votre femme ? questionna-t-il en ouvrant la porte du salon.

— Non, moi. Depuis ce matin, je préside la session des Assises et je crois que je suis en train de faire une forte grippe.

Le médecin avait dix ans de plus que lui et portait une barbe en broussaille qui lui donnait l'air bougon. Sans rien dire, il plaça un thermomètre entre les

lèvres de Lhomond et, tirant une grosse montre en
or de son gilet, commença à lui prendre le pouls.

— Respirez.

Il lui pinçait une narine, puis l'autre, lui tâtait
les glandes du cou, introduisait une sorte d'entonnoir
avec une petite lumière dans ses oreilles.

— Quand cela a-t-il commencé ?

— Je ne me suis pas senti d'aplomb pendant la
journée d'hier et, le soir, il m'a semblé... Je fais de
la température ?

— 38° 5. Vous devriez être dans votre lit. Laissez
voir votre gorge.

Après quoi, toujours grommelant dans sa barbe, il
lui ausculta la poitrine.

— Alors, docteur ?

— Je devrais vous envoyer vous coucher, mais je
suppose qu'il est impossible de vous faire remplacer ?

— Impossible, oui.

Debout devant un cabinet en métal, il remplissait une
seringue d'un liquide épais et blanchâtre.

— Cuisse gauche... commanda-t-il.

Il ajouta :

— Pénicilline. Vous reviendrez me voir demain matin
avant d'aller au Palais.

— C'est la grippe ?

— Je suppose.

Ce fut tout. Sur le seuil, seulement, il ajouta :

— Evitez de prendre froid et couchez-vous de bonne
heure.

— Pas de grog, pas d'aspirine ?

— Rien.

Quand il rentra chez lui et qu'Anna vint à sa rencontre pour lui retirer son pardessus, il questionna par
habitude :

— Madame ne m'a pas demandé ?

— Non, Monsieur.

— Elle va bien ?

— Comme d'habitude.

Il pénétra dans la salle à manger où il mangeait toujours seul et déploya le journal à droite de son couvert. Il ne monta pas. C'était contraire aux conventions tacites qui s'étaient établies entre Laurence et lui, presque à leur insu. Pendant un certain nombre de jours, ils avaient agi de telle et telle manière et, petit à petit, c'était devenu des règles.

En regardant Anna lui servir le café, il pensa à Mariette Lambert, sans savoir au juste pourquoi, puis à la fille de la ganterie dont il ne se rappelait pas le nom. Il sentait vaguement comme une parenté entre elles. Ses yeux picotaient. Il avait sommeil et était nerveux tout ensemble. En face, il vit Mme Paradès fermer les rideaux d'une pièce qu'il savait être la nursery.

Laurence et lui n'avaient pas d'enfants. C'était un sujet délicat. Maintenant, cela n'avait plus d'importance, mais, pendant des années, ils avaient évité tous les deux d'aborder la question. Pour sa part, il était persuadé que c'était la faute de sa femme. La stérilité lui semblait s'harmoniser avec son type physique et son caractère. Cependant, une ou deux fois, il l'avait surprise qui en parlait à des amies et il avait eu l'impression qu'elle le rendait responsable. Il en avait été humilié, ulcéré, mais il avait préféré ne pas discuter.

Un jour seulement, une dizaine d'années plus tôt, il avait envisagé à voix haute la possibilité d'adopter un enfant. Il l'avait fait légèrement, juste pour tâter le terrain, restant impersonnel, parlant plutôt de l'adoption en général, et la réaction de Laurence l'avait fait battre en retraite.

Il ne se rappelait pas ses paroles exactes, mais elles contenaient le mot « criminel ». Quelque chose comme :

— Introduire dans la maison un petit inconnu qui est peut-être de la graine de criminel ?

Il n'avait aucune raison d'y penser. L'affaire Lambert le tracassait suffisamment. Il lui venait des scrupules, se demandant si la fièvre ne risquait pas d'influencer son jugement. Ce n'était pas la première fois qu'il avait la fièvre. Non seulement le café, les aliments n'avaient pas le même goût, non seulement les odeurs étaient différentes, mais sa vision des gens et des choses était déformée. Enfant, par exemple, il se réjouissait d'avoir de la température parce qu'il lui suffisait de fermer les yeux pour découvrir des mondes extraordinaires.

Il alluma une pipe qu'il faillit abandonner et ne continua à fumer que pour se prouver qu'il n'était pas malade. Anna l'aida à endosser son manteau.

— Donnez-moi une écharpe.

— Je vous ai prévenu qu'il allait geler.

S'il ne gelait pas encore, la lumière devenait dure, coupante et il gèlerait sans doute vers la fin de l'après-midi.

— Léopoldine demande si vous rentrerez dîner.

Il arrivait, quand un procès pouvait se terminer en un seul jour, que l'audience continue tard dans la soirée, finisse même au cours de la nuit. Avec l'affaire Lambert, il y avait peu de chance d'en finir ce jour-là et il répondit :

— Je rentrerai peut-être un peu plus tard que d'habitude.

Des gens le saluaient au passage et il leur rendait leur coup de chapeau. La plupart devaient penser qu'un Président d'Assises est un homme sûr de lui et de ses opinions. N'était-ce pas aussi l'idée qu'il se faisait, quand il était entré au Palais, d'un magistrat de cinquante-cinq ans ? Il avait de l'ambition, à cette époque-là, rêvait de finir sa carrière à Paris, d'être un jour un des grands Présidents à qui on confie les causes difficiles et célèbres.

Sur les marches du Palais, il trouva encore du monde à fumer des cigarettes et deux jeunes filles, qui avaient l'air de dactylos ou de vendeuses, se retournèrent sur lui et se mirent à chuchoter. Il passa un moment dans son cabinet pour y prendre sa serviette. Il avait laissé sa robe et sa toque dans la Salle du Conseil, dont la porte était restée entrouverte sur le couloir désert. Il ne pensait à rien de précis en se dirigeant de ce côté. C'est peut-être pourquoi la phrase prit tant d'importance dans le vide de son esprit. Il reconnut la voix onctueuse d'Armemieux, le Procureur, qui était un grand lettré et qui donnait des conférences, non seulement en province, mais à Paris et à l'étranger, et qui semblait toujours s'adresser à un vaste public.

— Ce qui me surprend, mon cher, c'est que cela ne l'ait pas pris plus tôt...

Pourquoi *sut*-il que c'était de lui qu'il s'agissait ?

Il s'en voulait de s'arrêter, d'entendre une seconde phrase, plus explicite que la première :

— Avec l'existence que sa femme lui fait depuis des années...

Il poussa le battant, qui faillit heurter Armemieux, debout derrière la porte en face du conseiller Frissart. Celui-ci, qui passait sa robe, perdit un instant contenance.

— J'étais en train de me demander... balbutia-t-il pour dire quelque chose.

Lhomond le regarda avec de gros yeux qui devaient

ressembler à ceux de Charles Lourtie, le Troisième
Juré.

— ... Je me demandais si nous allions avoir une
audience de nuit...

Pendant quelques secondes, Lhomond fut tenté de
s'expliquer, de leur dire que, la nuit précédente, il
avait mis les pieds chez Armando pour la première
fois de sa vie, non pour y boire, — en fait, il n'avait
rien consommé, — mais pour téléphoner au pharmacien Fontane dont la sonnerie de nuit était hors de
service.

N'était-ce pas la chose la plus logique, la plus naturelle à faire ? Il leur dirait aussi — et il le répéterait
à Landis, son greffier, qui, le matin, avait paru si
peiné — que, s'il avait senti l'alcool, c'est parce qu'il
avait bu un verre, comme une drogue, pour être capable de venir au Palais. La meilleure preuve, c'est qu'en
sortant de l'audience, il s'était rendu chez Chouard qui
lui avait fait une injection de pénicilline.

Il se tut. D'abord par fierté. Peut-être surtout par
fierté. Mais aussi parce qu'il avait soudain la conviction qu'ils ne le croiraient pas. Les gens se méfient
d'instinct des explications aussi simples. Il ne leur avoua
même pas qu'il se sentait mal en point et qu'il lui
faudrait un effort considérable pour présider les débats
jusqu'au bout.

— *Avec l'existence que sa femme lui fait depuis des
années...*

Il n'en avait parlé à personne, même à ses meilleurs
amis. Son caractère n'avait pas changé. Il ne se montrait ni sombre, ni soucieux. Au fond, il ne l'était pas.
Il avait acquis une sérénité qui n'était pas seulement
de façade. Le cadre de sa vie s'était forcément resserré,
mais il y évoluait avec satisfaction, partageant son

temps entre le Palais, son cabinet du rez-de-chaussée, avenue Sully, et, le soir, sa chambre qui, surtout en hiver, avec les bûches qui flambaient, devenait un petit monde.

Est-ce que les gens qui s'éparpillent, comme Armemieux, qui sont toujours par monts et par vaux, pressés par le temps et par les obligations qu'ils accumulent, retirent plus de joie de l'existence ?

Delanne arriva le dernier, des taches de nourriture sur ses revers. L'huissier passa la tête, interrogea le Président du regard, ouvrit la porte toute grande et annonça :

— La Cour !

Du premier coup d'œil, on se rendait compte que la plupart des spectateurs avaient retrouvé leur place du matin et qu'il y avait peu de nouveaux visages. Pendant la suspension, on avait tellement aéré la salle qu'elle était trop froide et Lhomond se demanda si les radiateurs n'étaient pas fermés. Les jurés avaient eu le temps de lier connaissance et Mme Falk semblait faire des confidences à son voisin l'agent d'assurances.

— Introduisez le premier témoin.

Lucienne Girard était à sa place et leurs regards se croisèrent. Il était impossible, malgré les années, qu'elle ne le reconnût pas. Cependant, elle n'eut pas un tressaillement ; rien, dans son expression, ne laissa supposer qu'ils se fussent jamais rencontrés. Elle le regardait, impassible, comme elle regardait un peu plus tôt les deux assesseurs, et il eut l'intuition qu'elle agissait ainsi en vertu de certaines règles non écrites que, dans certains milieux, on respecte plus scrupuleusement que les lois.

Il se demanda si elle et Lambert se connaissaient, hésita sur la réponse. Dans sa vulgarité agressive, Lam-

bert était un beau mâle. Tous les deux appartenaient
plus ou moins à un même monde et tous les deux
vivaient en marge. Il fut tenté de conclure que, s'ils
s'étaient rencontrés plus tôt, ce ne serait pas d'une
certaine Hélène Hardoin qu'on parlerait demain, mais
de Lucienne Girard. Il fut même persuadé que les
événements se seraient passés autrement et il chassa
une image qui lui vint à l'esprit au souvenir du coup
d'œil que la petite vendeuse lui avait lancé au pied de
l'escalier en colimaçon, de son sourire, quand elle avait
rit :

— Mme Lucienne est occupée.

Il ne fallait pas qu'il se laisse aller à rêver. Il se
trouvait dans un monde réel, solide, avec un devoir
déterminé à remplir, et il saisit un crayon dont il se
servit pour pointer le passage du rapport qui contenait
la déposition du premier témoin à l'instruction.

Il savait d'avance ce que chacun allait dire, puisqu'il avait sous les yeux les réponses aux questions
que, pendant des mois, Cadoux leur avait posées.

— Vos noms, prénoms, âge et qualité.

— Julien Mabille, 34 ans, sous-chef de gare, 41, rue
des Saules.

Il était de taille moyenne, avec des épaules rondes,
qui laissaient prévoir son futur embonpoint, et ses
petites moustaches, au lieu de le vieillir, le rajeunis-
saient. Il ne s'était pas présenté en uniforme et son
costume ne lui allait pas.

— Vous jurez de dire la vérité, toute la vérité, rien
que la vérité ? Levez la main droite.

— Je le jure !

— Dites maintenant aux jurés ce que vous savez
des événements du 20 mars dernier.

Mabille avait appris sa déposition par cœur et la

récitait en levant parfois les yeux au plafond pour chercher un mot oublié.

— Ce matin-là, je devais prendre mon service à la Petite Vitesse à six heures et je suis parti de chez moi à six heures moins vingt. J'habite un pavillon rue des Saules, tout en haut de la rue du Chemin-de-Fer, et, pour couper au court, j'ai l'habitude de me rendre à mon travail en longeant la voie.

Il leva pour la première fois les yeux, trouva la séquence suivante.

— L'hiver, j'emporte une lampe électrique, mais, en mars, il fait jour à cette heure-là, et, en arrivant à hauteur de la rue du Pot-de-Fer, j'ai aperçu quelque chose sur le talus du côté de la voie montante.

Dans le dossier que Lhomond parcourait, le juge d'instruction avait interrompu le témoin pour lui demander :

— La rue du Pot-de-Fer, si je ne me trompe, est perpendiculaire à la rue du Chemin-de-Fer. Où se trouve, par rapport à ces deux voies, la rue Haute ?

Les Lambert habitaient rue Haute. Le quartier était le plus ancien de la ville et comportait un réseau de ruelles et d'impasses où certaines maisons avaient trois cents ans d'existence. Depuis des temps immémoriaux, la municipalité projetait de raser ce qu'on appelait un « îlot insalubre », mais, jusqu'ici, les crédits n'avaient pas été votés.

A la question du juge d'instruction, Mabille avait répondu :

— La rue Haute donne dans la rue du Chemin-de-Fer juste en dessous de la rue du Pot-de-Fer. Il y a environ cent mètres entre les deux.

Aux Assises, il omettait cette précision, qu'il jugeait inutile. Il y avait pourtant à parier que certains membres du jury, Mme Falk, par exemple, ne s'étaient jamais égarés dans ce quartier-là.

— J'ai hâté le pas, poursuivit le témoin, car j'avais l'impression de reconnaître la forme d'un corps humain, et quand je n'en ai été qu'à quelques mètres, j'ai vu qu'il s'agissait d'une femme dont la tête avait été tranchée par le passage d'un train.

Il y eut comme un soupir dans la salle et certains visages pâlirent, un homme, dans les premiers rangs, éprouva le besoin de sortir.

— La tête, ou plutôt ce qui restait de la tête, gisait entre les rails, à une dizaine de mètres du corps, qui avait été projeté sur le ballast à une certaine distance de la voie. Je me suis mis à courir vers la gare, d'où j'ai immédiatement téléphoné au commissariat de police.

Il omettait encore un détail qui figurait au procès-verbal de l'instruction.

On y lisait :

« *Question :* Aviez-vous déjà une idée de l'identité de la victime ?

« *Réponse :* Je l'ai reconnue au premier coup d'œil grâce à son manteau vert et à sa robe rouge.

« *Q.* — Vous saviez donc qu'il s'agissait de Mariette Lambert ?

« *R.* — Je ne connaissais que son prénom, pour l'avoir souvent rencontrée dans le quartier et pour avoir entendu parler d'elle. »

S'il oubliait ce passage, il se souvenait soudain d'un détail qu'il s'empressait de relater.

— Au moment où j'ai découvert le corps, j'ai remarqué qu'un pied était nu. Le chef de gare, mis au courant, m'a chargé de retourner au kilomètre 409 afin d'y attendre la police et de répondre aux questions. J'y suis arrivé presque en même temps que le commissaire, qui était accompagné de son secrétaire et de deux agents en uniforme. Un docteur que je ne connais pas est sorti un peu après de sa voiture, puis enfin quelqu'un du Parquet et des gens de la Police Judiciaire qui ont pris des photographies.

« On m'a posé un certain nombre de questions auxquelles j'ai répondu au mieux de ma connaissance.

Cette expression devait lui plaire, car il la prononça d'une façon spéciale, avec un bref regard au Président pour juger de l'effet produit.

— Deux trains seulement passent sur la voie montante pendant la nuit. D'abord le rapide de Paris, à 23 h 53, ensuite un train de marée à 1 h 14. Il y a parfois d'autres trains de marchandises, mais ce n'a pas été le cas cette nuit-là, je l'ai contrôlé.

Lhomond regarda les jurés l'un après l'autre et eut l'impression que Mme Falk avait une question à poser, mais, quand il voulut lui donner la parole, elle fit « non » de la tête.

— Le témoin peut se retirer. Faites entrer...

Jouve, au banc de la défense, venait de se lever.

— Une question, Maître Jouve ?

— Je voudrais que vous demandiez au témoin dans quelles circonstances il lui était arrivé précédemment de rencontrer la victime.

— Vous avez entendu la question, Monsieur Mabille ? Si je comprends bien, la défense désire savoir où et quand vous avez rencontré Mariette Lambert.

— Dans la rue. Le quartier qu'elle habitait est proche du mien. Je l'ai souvent vue qui entrait dans des bars ou qui en sortait.

— En compagnie d'hommes ?

— Presque toujours en compagnie, oui.

— C'est ce que vous demandiez, Maître Jouve ?

— Est-il arrivé au témoin de la voir ivre ?

— Vous pouvez répondre, monsieur Mabille.

— Au moins une fois. Elle était avec trois matelots très surexcités qui essayaient de forcer la porte d'un café dont on leur refusait l'entrée. Je crois que la police a été obligée d'intervenir.

L'avocat s'était rassis, apparemment satisfait, dans l'attitude classique du défenseur qui vient de marquer un point. Lhomond en avait vu d'autres — y compris des maîtres du barreau — jouer la même comédie qui, aujourd'hui, sans raison, lui parut ridicule, et il eut presque pitié du jeune Jouve qui s'efforçait de prendre un air important.

Quant à Lambert, il ne paraissait pas avoir écouté. Le menton sur les poings, il regardait la salle sans fixer personne en particulier et semblait se désintéresser de ce qui se passait.

— Nom, prénoms, âge, qualité.

— Martin Revers, 48 ans, commissaire de police du quartier de la Boule d'Or.

Il levait la main, jurait, déposait en professionnel, du même ton qu'il eût fait son rapport.

— Le 20 mars dernier, à six heures dix du matin, le brigadier Dorval m'a averti par téléphone qu'un corps de femme venait d'être découvert sur la voie à hauteur de la rue du Pot-de-Fer. Je me suis rendu sur les lieux en compagnie de mon secrétaire et de deux agents après avoir chargé le brigadier d'avertir le médecin légiste et le Parquet. Au kilomètre 409, j'ai trouvé le sous-chef Mabille qui venait d'arriver et j'ai procédé...

Lhomond n'écoutait plus. Deux ou trois fois, il fit un effort pour lier ensemble les paroles qui lui arrivaient à l'oreille, mais, presque aussitôt, elles ne for-

maient plus qu'un ronron monotone. Peut-être con-
naissait-il trop bien son dossier ? Il connaissait aussi le
commissaire, le même qui, sept ans auparavant, avait
donné à Lucienne Girard un certificat de bonne conduite. Il s'occupait de politique, de politique muni-
cipale surtout, et on le prétendait capable d'apporter
de quatre à cinq cents voix au candidat de son choix.

Massif, confortablement vêtu, il parlait avec assurance, et un ruban rouge barrait sa boutonnière, at-
testant que l'Etat le considérait comme un serviteur
de marque.

Lui était-il arrivé de pénétrer dans la ganterie de la
rue des Carmes ? Cela n'avait pas d'importance. Chaque fois que sa pensée glissait sur cette pente, Lhomond s'efforçait de la ramener aux réalités présentes.
Il avait honte de cette obsession, qu'il mettait sur le
compte de la fièvre, et, comme pour s'assurer que sa
température ne montait pas, il se passait parfois la
langue sur les lèvres.

— A 7 h 50, les restes ont été déposés à la morgue,
comme en fait foi le procès-verbal, et l'enquête a été
confiée à la Police Judiciaire.

Le radiateur, derrière les jurés, recommençait à faire
entendre son chuintement. Jouve se levait à nouveau
et le président hochait la tête pour lui donner la permission de parler.

— La Cour veut-elle demander au témoin si la
nommée Mariette Lambert a fait l'objet, à son commissariat, de procès-verbaux ?

Cette réponse-là aussi, Lhomond la connaissait par
l'instruction, mais il n'en répéta pas moins la question.

— Un seul procès-verbal, le 14 septembre de l'année
dernière, pour ivresse et tapage nocturne sur la voie
publique.

— En compagnie de trois matelots ?

— En compagnie de trois matelots. Ils ont tous couché au violon.

— Rien d'autre, Maître Jouve ?

Et, comme celui-ci se rasseyait :

— Introduisez le témoin suivant.

C'était le docteur Lazarre, médecin légiste, aux moustaches roussies par ses sempiternelles cigarettes, qui semblait prendre un malin plaisir à accumuler les détails les plus macabres et les plus répugnants.

— Le 20 mars, à six heures et demie du matin, un coup de téléphone du commissariat de police de la Boule d'Or m'a averti que...

La nuit commençait à tomber et, au-dessus des globes électriques, s'étendait maintenant une zone d'ombre. Les fenêtres, de gris, puis de gris sombre, tournaient au noir, avec des gouttes de vapeur condensée qui roulaient le long des vitres.

Trois cents personnes restaient sans bouger, sans parler, le regard fixé sur un même point et, quand quelqu'un se trouvait à remuer les pieds ou à tousser, cela faisait l'effet d'un vacarme.

Enfant, Lhomond avait ainsi, dans les églises, surtout à l'époque de Noël, l'impression d'être transporté en dehors du monde, en dehors de la vie, et cela l'angoissait tellement qu'il devait se retenir pour ne pas crier et que c'était une délivrance de retrouver, dehors, les lumières de la ville, le bruit familier des tramways, les voix des passants et des crieurs de journaux.

Il observait Lambert, qui paraissait subir le même engourdissement. A quoi pouvait-il penser, le regard vide ? A quoi pensait le juge Delanne, le conseiller Frissart, qui adressait de temps en temps un signe à sa femme ?

Ils étaient tous réunis depuis le matin pour juger un homme et ils étaient tenus de suivre une procédure immuable à laquelle, en tant que président, Lhomond ne pouvait rien changer.

Depuis des mois, depuis le 20 mars, depuis le moment précis où le commissaire de police avait fait son apparition sur la voie du chemin de fer, la machine judiciaire était en mouvement. Honoré Cadoux, qui était un homme paisible et méticuleux, avait interrogé des douzaines de témoins dont on n'avait gardé pour l'audience que ceux dont la déposition était essentielle. Dix fois, vingt fois, il avait posé à Lambert, en présence de son avocat, les mêmes questions. Des commissions rogatoires avaient été envoyées aux quatre coins de la France, à Paris, à Marseille, à Lyon.

Quatre magistrats, dont Delanne et le Président de la Cour d'Appel, Henri Montoire, avaient étudié pendant près d'une semaine l'ordonnance de renvoi qui contenait tous les détails, toutes les charges accumulés patiemment par le juge d'instruction.

Lhomond avait épluché une dernière fois le dossier et, une semaine plus tôt, avait fait comparaître Lambert, dans le calme de son cabinet, où, en présence de Jouve et du greffier, il s'était efforcé à son tour de se faire une opinion.

Près de neuf mois s'étaient écoulés depuis que le cadavre mutilé de Mariette Lambert avait été découvert, dans le petit matin, sur le talus du chemin de fer, et, dans quelques heures enfin, six hommes et une femme au ridicule chapeau noir, choisis à peu près au hasard, décideraient, non seulement si Dieudonné Lambert avait volontairement donné la mort à sa femme, mais si le meurtre avait été commis avec préméditation, auquel cas il serait passible de la guillotine.

Le médecin légiste se donnait la peine d'expliquer au jury les indices qui permettaient d'établir approximativement l'heure à laquelle la mort d'une personne s'est produite et concluait que Mariette Lambert avait été tuée entre neuf heures et onze heures du soir.

C'était un des points importants, qui serait discuté à nouveau plus tard par les deux experts, le professeur Lamoureux et le docteur Bénis. L'un des deux, tenant compte de la température à laquelle le corps avait été exposé et qui, cette nuit-là, était très basse — le bureau météorologique confirmait qu'il y avait eu de la gelée blanche — affirmait qu'il était possible que le meurtre ait été commis après minuit, c'est-à-dire après le passage du rapide de Paris, et si cette thèse était admise, certains témoignages, qui viendraient plus tard, eux aussi, s'écroulaient.

Mariette Lambert n'était pas morte sur la voie du chemin de fer. En tout cas, sa mort n'avait pas été produite par les roues du train, car, au moment où celles-ci lui avaient sectionné la tête, elle était déjà sans vie depuis un certain temps, comme le docteur Lazarre commençait à l'expliquer.

Lazarre était sincère. On pouvait supposer que tous ceux qui viendraient témoigner l'étaient. Et sans doute les sept jurés s'efforçaient-ils de se faire une juste opinion.

Mais que connaissaient-ils de Lambert et que connaissaient-ils de Mariette ? Que savaient-ils des milliers de gens vivant, comme le couple, dans le quartier de la Boule d'Or, et de tous les hommes, connus ou inconnus, avec lesquels la victime avait eu des relations intimes ?

Delanne avait tranché d'un mot :

— Cynique !

La nuit précédente, Frissart avait jugé, lui, Lhomond, qu'il fréquentait depuis des années, simplement parce qu'il l'avait vu, passé minuit, sortir précipitamment de chez Armando.

Combien étaient-ils à présent, au Palais et ailleurs dans la ville, qui se chuchotaient avec des mines navrées :

— Lhomond s'est mis à boire.

Le brave Landis aussi ! Parce que, ce matin-là, son haleine sentait l'alcool !

On peut prendre l'apéritif. On a le droit de boire un verre après les repas. Mais il n'y a qu'un ivrogne pour ingurgiter de l'alcool à neuf heures du matin !

— *Avec l'existence que sa femme lui fait depuis des années...*

Qu'auraient-ils dit s'ils avaient connu l'incident du médicament ? Et qu'arriverait-il, par exemple, si Laurence venait à mourir cet après-midi même, maintenant, alors qu'il se trouvait au Palais ?

Chouard ne se souviendrait-il pas que, jadis, Lhomond lui avait demandé si une dose trop forte de sa prescription ne serait pas dangereuse à cause de la strychnine qu'elle contenait ?

Or, Chouard avait répondu à peu près :

— *Je ne crois pas que votre femme soit tentée d'en prendre trop.*

Autrement dit, le docteur était persuadé qu'elle n'était pas femme à se donner la mort volontairement.

Qu'elle prenne néanmoins une dose trop forte, pour se suicider ou par inadvertance, et qu'elle en meure, que l'on trouve de la strychnine dans les viscères, comme déposerait le docteur Lazarre...

Chouard l'a dit : il n'y a pas de danger qu'elle se suicide. Chouard est sincère aussi. C'est un honnête homme. Il a une femme, des enfants, des petits-enfants, la maison la mieux tenue de la ville.

Le pharmacien Fontane n'est pas moins intègre. Peut-il omettre de déclarer que Lhomond l'a éveillé au milieu de la nuit pour lui faire renouveler une ordonnance déjà renouvelée deux jours plus tôt ?

Cela l'a frappé. Il en a fait la remarque. Lhomond lui a répondu :

— J'ai laissé tomber la bouteille, qui s'est brisée.

En cinq ans, cela ne lui est pas arrivé une seule fois !

Où se tenait Léopoldine, où se tenait Anna quand cela s'est produit ? Il ne s'en souvient pas. Il n'a pas fait attention à elles. Il n'est pas impossible qu'une des deux au moins ait entendu des éclats de voix. Il s'est fâché, ce soir-là, a perdu patience. Elles pourront témoigner qu'ils se sont disputés.

Le matin, il a à peine mangé et, au lieu de sonner la bonne pour lui demander un verre, s'est rendu en personne à l'office. A neuf heures et demie du matin, il a bu de l'alcool, seul, dans son coin, a vidé son verre d'un trait comme quelqu'un qui cherche à se donner du courage.

Landis a senti son haleine. D'autres ont dû la sentir. Qu'est-ce que les jurés en déduiront ?

Au cours de l'audience du matin, il a demandé à Lambert :

— *Est-il exact que vous aviez une maîtresse ?*

Maintenant, il croit comprendre le regard que l'accusé a laissé peser sur lui. Il ne se plaignait pas de l'incompréhension du Président, mais il était indigné que celui-ci lui porte un coup bas.

Lhomond n'en a pas moins insisté et Hélène Hardoin figure sur la liste de ceux à qui on posera des questions sur leur vie intime. Elle ne comparaîtra pas tout de suite, parce qu'il y a d'autres témoins à entendre avant elle, mais son tour viendra.

Ferait-on comparaître Lucienne Girard, pour qu'elle parle de la visite qu'elle a rendue à Lhomond, jadis, dans son cabinet, avant qu'il statuât sur son cas ?

Et la jeune vendeuse à moitié albinos qui ne portait rien sous sa robe et dont il a oublié le nom ?

Point n'était besoin de remonter si loin dans le passé. Il y aurait bien quelqu'un pour découvrir l'existence de Germaine Stévenard. C'était d'autant plus facile que le Procureur Général lui-même lui avait fourni son adresse, en tout bien tout honneur, car c'était à elle qu'il donnait à taper ses conférences et ses études historiques.

Enfin, n'évoquait-on pas Justin Larminat, qui n'habitait plus la ville, mais y revenait tous les ans avec sa femme pour voir sa belle-famille ?

C'était vieux de cinq ans. Ce n'en était pas moins la cause première de tout ce qui était arrivé.

Frissart se penchait sur lui pour murmurer, une main devant la bouche :

— Il s'écoute parler.

C'était vrai. Le docteur Lazarre étirait sa déposition, qu'il agrémentait de phrases fleuries, et il était surprenant qu'il n'eût pas encore trouvé le moyen d'y glisser une de ses plaisanteries macabres qui arrachaient toujours un sourire jaune à l'auditoire.

L'ombre, là-haut, devenait toujours plus dense et semblait peser sur la partie éclairée de la salle, la comprimait peu à peu. Penché sur un de ses gardes, qui avait à peu près son âge et lui ressemblait vaguement, Dieudonné Lambert, pour tuer le temps, racontait une histoire à mi-voix tandis que le garde, gêné, épiait le Président, dans la crainte de se faire rappeler à l'ordre.

Le silence tomba soudain. Le médecin légiste s'était tu et regardait tour à tour les jurés, la Cour, le Ministère public, la Défense, comme pour les inviter à lui poser des questions.

Personne ne bougea et, à ce moment-là, les visages étaient figés dans la même expression d'ennui qu'on voit aux personnages du Louvre, sur les tableaux anciens, auréolés de lumière indécise.

Comme pour échapper à son cauchemar, Lhomond donna un coup de marteau sec, se coiffa en murmurant :

— L'audience est suspendue pour dix minutes.

Après quoi, tandis que toute la salle se levait pour se détendre, la Cour se retira.

CHAPITRE IV

LE SOULIER DANS LA RUE

Sans tourner la tete, qu'il tenait baissée, Armemieux remarqua :

— Vous ne paraissez pas être dans votre assiette.

Il venait d'allumer un cigare. Ils étaient quatre ou cinq dans les lavabos réservés aux magistrats où Lhomond et le Procureur Général se trouvaient l'un à côté de l'autre, debout, face au mur, une étroite séparation entre eux. Tous les deux, pour uriner, tenaient leur robe relevée.

Enfant, Lhomond avait éclaté de rire quand, pour la première fois, il avait vu son père retrousser ainsi sa toge. Cela se passait dans les mêmes lavabos, qu'on n'avait pas modernisés depuis et dont les carreaux de céramique avaient continué à jaunir et à se craqueler.

Armemieux avait parlé sur un ton amical. Lhomond aurait pu lui répondre qu'il avait la grippe et cela aurait peut-être mis fin à des rumeurs qui commençaient à se répandre. Il ne le fit pas, toujours par défi, parce que c'était la solution facile, se contentant de grommeler :

— Un rhume...

Derrière eux, les autres attendaient leur tour en fumant une cigarette, et il régnait une odeur d'entracte au théâtre.

— J'espère que nous en aurons fini demain soir, continuait Armemieux. J'ai une conférence mercredi à Angoulême.

C'était curieux que Lhomond eût pensé à son père justement quand il se trouvait en compagnie du Procureur Général, car les deux hommes n'étaient pas sans une certaine ressemblance et, malgré la génération qui les séparait, on aurait pu penser qu'ils appartenaient à une même époque.

Le Procureur avait été veuf de bonne heure, vers la quarantaine, comme le père de Lhomond, et ni l'un ni l'autre n'avaient songé à se remarier. Un beau jour, Armemieux, par désœuvrement, ou par coquetterie, avait écrit une monographie sur Berryer fils, le fameux avocat du milieu du XIXe siècle. Parce que les procès les plus retentissants de Berryer s'étaient plaidés sous le Second Empire, Armemieux avait été amené à étudier cette époque et il s'y était plongé avec une telle délectation qu'elle lui était devenue plus familière que celle où il vivait lui-même. L'impératrice Charlotte, Drouyn de Lhuys, Mme d'Agoult, le duc de Morny, des centaines de personnages plus obscurs que les historiens spécialisés sont seuls à connaître étaient, pour lui, des êtres aussi vivants que ses contemporains.

Alain Lhomond, lui, sans se réfugier dans un passé aussi lointain, n'en avait pas moins passé les vingt ou trente dernières années de sa vie en dehors du temps. Comme magistrat, il ne nourrissait aucune ambition

et n'avait jamais accepté d'autre poste que celui de
juge de paix. Né à une époque où l'on avait des
rentes, d'une famille qui possédait une dizaine de fermes dans la région, il n'était entré au Palais que pour
ne pas rester oisif, mais son domaine réel était le
Cercle de l'Harmonie, place Suffren, fondé en 1880,
dont il avait été un des derniers membres.

Le cercle n'existait plus. Xavier Lhomond l'avait encore connu, tout au moins du dehors. La façade blanche à colonnes subsistait, en face de l'Hôtel de Ville,
et l'intérieur avait été transformé en salle de cinéma.

Jadis, quand on passait, en fin d'après-midi, sur le
trottoir de gauche de la place Suffren, c'était machinal
de jeter un coup d'œil vers les hautes fenêtres pour
apercevoir les lustres de cristal, les lambris rouges
et or, les portraits de vieillards à favoris engoncés dans
leur habit à haut col et portant des chemises finement
plissées.

Dans des fauteuils aussi sculptés que des trônes,
d'autres vieillards, vivants ceux-ci, même s'ils ne bou-
geaient guère plus que les effigies de leurs prédéces-
seurs, passaient des heures à lire les journaux ou à
jouer aux cartes, tandis que des valets en culottes
collantes glissaient silencieusement autour d'eux.

Il existait encore, dans la maison de l'avenue Sully,
un portrait d'Alain Lhomond à trente ans, portant un
monocle au large ruban de soie noire.

Pour lui, l'affaire Lambert aurait été simple et jamais l'idée ne l'aurait effleuré de se demander ce que
pouvait penser l'accusé.

Avait-il réellement du monde une idée simpliste, en
noir et blanc, ou bien n'était-ce qu'une attitude ? Lhomond l'ignorait, car son père n'avait jamais parlé à personne, à plus forte raison à son fils, de ses senti-

ments intimes. Cette discrétion faisait partie de sa conception de l'homme du monde.

Il était mort une dizaine d'années plus tôt, dans un
univers qu'il ne reconnaissait pas et qu'il abhorrait ou
feignait d'abhorrer. Sauf une, de peu de valeur, ses
fermes avaient été vendues les unes après les autres
et il avait vécu, à la fin, de sa maigre pension de
magistrat. Jusqu'au jour de la démolition de l'Harmonie,
il n'en avait pas moins passé ses après-midi et ses
soirées sous les lustres de cristal de la place Suffren,
entouré de soins de valets aussi âgés que lui, dont
les uniformes étaient usés jusqu'à la trame.

Son fils n'avait-il pas fini, lui aussi, par se créer un
monde à lui et par s'y blottir comme dans un cercle
protecteur ? Cela faisait peur à Lhomond, tout à coup.
Il se demandait si c'est le destin de l'homme, à un
certain stade de son existence, de s'échapper de la vie
pour s'enfermer dans un univers personnel et rassu-
rant.

S'il en était ainsi, quelle possibilité restait-il de comprendre les autres ? Il n'y avait plus aucune raison de
penser qu'un Dieudonné Lambert n'avait pas son univers aussi, et Mariette, et tous les autres, — un univers aussi inaccessible que l'était autrefois le Cercle de
l'Harmonie.

Il en avait fait l'expérience avec Germaine Stévenard, trois ans auparavant. Jusqu'alors, il s'était contenté, quand il allait à Paris, ce qui lui arrivait environ tous les mois, de se rendre à une certaine
adresse du quartier de l'Etoile où, dans un cadre dis-
cret et de bon goût, il était sûr de rencontrer une jeune
femme complaisante.

En dehors de l'incident de la ganterie, rien de pareil ne lui était jamais arrivé dans sa propre ville,

non par hypocrisie ni par crainte des cancans, mais à cause de l'idée qu'il se faisait de son devoir et de ses responsabilités. Pour la même raison, il ne s'était jamais permis, dans son monde, la moindre aventure.

Qu'est-ce qui l'avait incité à écrire un essai intitulé : *De l'Evolution du Concept de Culpabilité ?* Peut-être une conversation avec Armemieux, justement. Ils avaient discuté un jour des variations de la jurisprudence et du rôle de plus en plus important des psychiatres dans les procès criminels. Lhomond avait beaucoup parlé et, au moment de partir, Armemieux lui avait dit :

— Vous devriez mettre ça sur le papier. Je suis sûr que la *Revue de Paris* serait enchantée de publier votre article.

Lui-même était un des collaborateurs réguliers de la revue. Beaucoup plus tard, au cours des longues soirées qu'il passait dans sa chambre à attendre le coup de sonnette de Laurence, il avait commencé à recueillir le matériel pour son essai et, une fois celui-ci écrit, il l'avait lu au Procureur.

— Faites-le dactylographier et confiez-le-moi.

Lhomond était trop scrupuleux pour donner ce travail à faire à un employé du Palais.

— Vous connaissez une dactylo ?

— Allez voir, de ma part, Mme Stévenard, qui habite au 18, rue Neuve. C'est une personne consciencieuse et qui a besoin de gagner sa vie.

Un après-midi, en quittant le Palais, il s'était rendu à l'adresse indiquée. Au second étage d'un immeuble tranquille, il avait été reçu par une femme qui n'avait pas tout à fait atteint la quarantaine. Elle était brune, comme Lucienne Girard, à peu près du même embonpoint et ses courbes avaient la même douceur, sa chair le même moelleux. L'appartement, petit, était arrangé

avec goût, aussi propre et net qu'une chambre de
couvent.

— Asseyez-vous, Monsieur le Juge. M. le Procureur
Général m'a laissé entendre que vous auriez peut-être
du travail à me confier.

Il n'était resté chez elle que quelques minutes, cette
fois-là, y était retourné à plusieurs reprises les semaines suivantes, car il lui arriva de réécrire presque
entièrement son étude entre les lignes de la dactylo-
graphie.

Elle avait été mariée pendant dix ans à un chef
de bureau de la mairie qui était mort de tuberculose
après un long séjour dans un sanatorium et, effrayée
à la perspective d'entrer dans un bureau, elle avait
choisi de faire des travaux chez elle.

Il s'habitua à aller la voir. Sans en être amoureux,
il se sentait en confiance avec elle, aimait son calme,
sa sérénité qui n'était pas de l'assurance, car il avait
découvert qu'elle était timide.

Il avait fallu un hiver entier pour qu'un jour, au
moment de sortir, il la saisît dans ses bras. Elle n'avait
pas résisté, ne s'était pas raidie, mais — il comprenait
ça aussi — au lieu de lui laisser prendre des privau-
tés dans le salon qui lui servait de cabinet de travail, elle l'avait entraîné vers sa chambre et éteint la
lumière.

Dans le sens où, à l'audience, il avait évoqué tout
à l'heure les relations entre Lambert et Hélène Hardoin, on pouvait dire qu'elle était sa maîtresse. On le
dirait. Peut-être certains le chuchotaient-ils déjà ?

Or, en dehors du temps assez bref qu'ils passaient
dans la chambre à chacune de ses visites, il n'y avait
aucun lien entre eux. Elle l'appelait toujours Monsieur
le Juge et il continuait à lui dire Madame. De retour

au salon, ils ne s'embrassaient plus, ne faisaient aucune allusion à ce qui venait de se passer et elle
prononçait d'un ton calme et respectueux :

— Vous aurez vos vingt pages vendredi.

Pourquoi le vendredi ? C'était tombé comme ça. Il
y allait chaque vendredi. Cela faisait partie de la routine de sa vie. Chaque fois, il lui apportait du travail
à faire et, à cause d'elle, son étude sur le concept de
la culpabilité était devenu un important ouvrage qui ne
verrait peut-être jamais le jour.

Les choses se passaient-elles de la même façon quand
Armemieux allait lui porter de la copie ? Y en avait-
il d'autres qui, comme lui, à jour fixe, franchissaient la
porte de la chambre à coucher ? C'était possible. Cela
ne lui faisait pas plaisir d'y penser, mais il ne souffrait pas de jalousie.

Comment le conseiller Delanne, lui, s'il était réellement homosexuel, s'y prenait-il pour satisfaire ses appé-
tits ? Cela devait être plus difficile et plus dangereux.

Pendant plusieurs jours, après l'incident de la ganterie, Lhomond s'était demandé si Lucienne Girard
n'allait pas profiter de la situation pour le faire chanter.
Même avec Mme Stévenard, au début, il n'était pas
entièrement rassuré.

Qu'arriverait-il si Delanne était menacé de scandale
par un gamin de dix-sept ans, par exemple ? Delanne
n'avait pas de fortune, appartenait à une famille mo-
deste et avait gagné durement la situation qu'il occupait. Malgré son aspect bohème, il était considéré
comme un juriste de premier ordre et avait des chances
de finir sa carrière à la tête d'une Cour d'Appel.

Comment réagirait-il, que ferait-il si, du jour au lendemain, tout cela était mis en question et si le reste

de sa vie ne tenait plus qu'à la parole d'un jeune
dévoyé ?

Il y avait longtemps que Lhomond était rentré dans
la Salle du Conseil où des conversations se poursui-
vaient à mi-voix et où une nappe de fumée s'étirait
à hauteur des lampes. Il vit le regard de Frissart fixé
sur lui, se tourna vers l'horloge, s'empressa de pro-
noncer :

— Messieurs, je bois un verre d'eau et nous repre-
nons l'audience.

Le même phénomène se produisait à chaque procès un peu long. Le matin encore, la plupart des personnes réunies dans la Salle des Assises n'avaient jamais
été en contact les unes avec les autres et, pour beaucoup, le décor était étranger. A présent, chacun pouvait à peine croire que le procès ne durait pas depuis
plusieurs jours, car chacun avait eu le temps de prendre des habitudes, de connaître ses voisins, de se familiariser, non seulement avec le comportement de l'accusé, mais avec celui de la Cour et des jurés. Un certaine intimité ne s'était-elle pas établie entre Lambert
et ses deux gardes ?

— La Cour !

Lucienne Girard, toujours à sa place, conversait avec
une vieille dame assise à côté d'elle en qui Lhomond
croyait reconnaître la veuve d'un colonel.

— Faites entrer le témoin suivant.

Ce serait probablement le dernier ce jour-là, si
Lhomond décidait de suspendre vers l'heure du dîner et
de reprendre l'audience le lendemain. Le commissaire
Belet, qui dirigeait la Brigade Mobile, était l'homme
sur qui avait pesé la responsabilité de l'enquête et qui
avait travaillé en étroit contact avec le juge d'instruction
Cadoux.

Sportif, élégant, il avait quarante ans et paraissait beaucoup plus jeune, presque trop jeune pour le poste qu'il occupait. C'était un policier de la nouvelle école, qui avait fait de solides études universitaires.

— Vous jurez de dire la vérité, toute la vérité, rien que la vérité...

— Je le jure.

— Veuillez vous tourner vers les jurés et faire votre déposition.

Delanne lui souffla à l'oreille :

— Il est d'une autre classe que le commissaire de police !

Il eut le tort d'ajouter :

— Je parierais que c'est un joueur de tennis.

Venant de lui, en effet, la remarque devenait équivoque et Lhomond, gêné, ne répondit pas.

— Le 20 mars dernier, à sept heures du matin, j'ai été...

Il racontait aussi brièvement que possible son arrivée sur la voie du chemin de fer en compagnie de trois de ses inspecteurs, dont deux étaient des spécialistes de l'Identité Judiciaire.

— Afin de rendre mes explications plus claires, j'ai fait dresser un plan des lieux qui se trouve entre les mains de la Cour.

Lhomond adressa un signe au vieux Joseph, qui alla chercher le document sur une table où se trouvaient les pièces à conviction et le remit au Premier juré. Celui-ci l'examina en hochant la tête, le passa à son voisin et quelques minutes s'écoulèrent avant que le commissaire Belet reprît :

— La croix tracée entre les rails indique l'endroit où a été trouvée la tête de la victime. Le double trait, entre le rail de gauche et le parapet, représente

le corps. Entre les deux points, la distance est exactement de treize mètres. Enfin, le cercle au bas de la
page montre où une des chaussures de la victime a
été retrouvée sur le trottoir de la rue du Chemin-
de-Fer.

Il se tourna vers le Président.

— Pour ceux des jurés qui ne sont pas familiers avec
les lieux, il serait peut-être utile que j'en donne une
courte description ?

Lhomond approuva et le témoin fit de nouveau face
au jury.

— La voie du chemin de fer suit la rue du même
nom sur toute sa longueur et est suffisamment suréle-
vée pour que les trains passent à peu près à hauteur du second étage des immeubles. Un mur de pierre
de six mètres de hauteur environ, couronné d'un parapet, la sépare de la rue. Ce mur est abrupt. A un certain endroit, cependant, entre la rue Haute et la rue
de Pot-de-Fer, existe un escalier qui constitue le seul
accès à la voie. L'escalier est indiqué sur le plan par
des hachures horizontales. Ainsi qu'on peut s'en rendre compte, la tête de la victime a été retrouvée à
cinq mètres à peine des marches supérieures, ce qui
laisse supposer que c'est par-là que le corps a été
transporté.

Jouve gesticula pour attirer l'attention du Président,
commença :

— Je voudrais qu'il me soit permis...

— La Défense aura la parole tout à l'heure.

Lhomond connaissait d'avance l'objection de l'avocat. Dès le début de sa déposition, le commissaire
semblait considérer pour acquis que Mariette Lambert avait été *portée* sur la voie, qu'elle ne s'y était
pas rendue par ses propres moyens.

Lambert aussi, à présent, se montrait plus attentif, fixant le dos du policier qui faisait face aux jurés.

— J'ai été frappé par l'absence d'une des chaussures et ai chargé un de mes hommes d'effectuer des recherches aux alentours. Quelques minutes plus tard, le soulier manquant a été retrouvé, non sur la voie ou sur le talus, mais sur le trottoir de la rue du Chemin-de-Fer, au pied du mur de pierre, non loin de l'endroit où débouche la rue Haute.

Il se tourna une fois de plus vers le Président.

— Peut-être est-ce le moment de faire passer aux jurés... ?

Lhomond donna un ordre à Joseph, qui alla chercher sur la table un soulier de femme en cuir verni noir et le posa devant le Premier Juré. Mme Falk fut la seule à ne pas toucher la chaussure au talon très haut, mais tandis que celle-ci était entre les mains de Lourtie, l'agent d'assurances aux gros yeux, elle se pencha de façon à en voir la marque à l'intérieur.

— Ce soulier, comme celui resté au pied de la victime, ne porte pas les éraflures notables que l'on s'attendait à y trouver si Mariette Lambert avait marché sur les cailloux coupants du remblai.

Jouve souffrait toujours de ne pas pouvoir prendre la parole et Lhomond questionna :

— Une expérience n'a-t-elle pas été tentée à ce sujet ?

Cela figurait au dossier. Lhomond était mécontent que Belet n'ait pas eu l'honnêteté d'en parler de lui-même.

— Nous avons en effet demandé à une personne du poids approximatif de la victime, chaussée de souliers presque identiques, de parcourir le chemin qui sépare l'escalier des rails de la voie montante. Le résultat n'a pas été concluant, en ce sens qu'une des chaussures portait ensuite une égratignure au talon et que l'autre était intacte.

Par crainte de se faire encore rappeler à l'ordre par le Président, il ajouta un autre aveu :

— Je dois répéter ici une opinion qui m'a été fournie par un inspecteur des chemins de fer. Sa spécialité est d'enquêter sur les accidents qui se produisent le long de la voie. Le fait, pour une personne heurtée ou écrasée par un train, d'être déchaussée par le choc, n'est pas rare et on l'a même vu se produire avec des chaussures lacées d'homme. Il m'a cité le cas, entre Agen et Toulouse, d'un soulier qui a été projeté à plus de cinquante mètres des rails.

Il quêta l'approbation du Président, avec l'air de dire :

— Vous voyez que je suis impartial !

On sentait que l'affaire l'avait passionné, non pas à cause de la personnalité de Mariette ou de Lambert, mais pour le problème technique qu'elle posait.

— Dois-je en finir avec cette question, demandat-il, ou suivre l'ordre chronologique et passer à ma visite rue Haute ?

— Il vaut mieux continuer.

Les jurés, autrement, risqueraient de s'y perdre. Lhomond appelait Joseph, lui donnait l'ordre de remettre les photographies A et B aux jurés. L'une était celle de la tête de Mariette, ou plutôt de ce qui en restait quand on l'avait découverte, l'autre, celle du corps plié en deux, un bras étendu, au bord du talus.   .

— Dès notre premier examen, sur les lieux, et l'examen par le médecin légiste, certaines constatations ont été faites. Tout d'abord, aucune corde, cordelette, pièce de tissu, de cuir ou d'autre matière qui aurait pu servir à attacher la victime sur le rail et à l'y maintenir jusqu'au passage du train n'a été retrouvée en dépit de recherches minutieuses. En outre, ni les jambes ni les poignets ne portaient les traces qu'on y aurait relevées en pareil cas.

Les jurés se passaient les photographies qu'ils essayaient d'examiner avec sang-froid, mais certains, Lourtie en particulier, avaient visiblement mal au cœur.

— Une seconde constatation est que le corps ne portait trace ni de blessure par arme à feu, ni de blessure par arme blanche, couteau, poignard ou stylet. L'autopsie a établi par la suite que la victime n'a pas non plus été empoisonnée et l'examen toxicologique des viscères n'a révélé que la présence de certains aliments non digérés et d'une quantité assez considérable d'alcool.

L'agent d'assurances écrivait quelques mots sur le papier qu'il avait devant lui et Lhomond aurait juré que c'était pour se rappeler de demander de quels aliments il s'agissait, peut-être aussi de quels alcools.

— Restait la possibilité d'une balle dans la tête, que l'autopsie a permis d'écarter. Nous nous sommes donc trouvés devant deux hypothèses. La première, que Mariette Lambert a été tuée en un endroit quelconque — sans écarter la possibilité que ce soit sur la voie — par un ou par des coups portés sur le crâne à l'aide d'un instrument contondant, et qu'elle a été ensuite déposée sur la voie montante, le cou sur le rail.

Lambert était grave, mais calme, et on aurait pu croire qu'il étudiait, lui aussi, les données du problème.

— La seconde hypothèse est que Mariette Lambert, dans un état d'ébriété avancé, ait emprunté l'escalier de pierre avec l'intention de traverser les voies pour se rendre dans le quartier des Genettes, ce qui, je l'ai appris, est coutumier aux gens des environs, en dépit de l'interdiction affichée. Dans ce cas, elle aurait trébuché, serait restée sans connaissance jusqu'au passage du train, soit à cause de sa chute, soit à cause de son état d'ivresse. Cette théorie paraît démentie par l'opinion des experts, qui affirment qu'elle était morte depuis un certain temps lorsque le convoi lui a sectionné la tête. D'où il faudrait conclure...

Lhomond l'interrompit sèchement :

— Le témoin n'a pas à conclure.

— Je vous demande pardon, Monsieur le Président. Il m'est difficile de fournir un résumé de mon enquête et d'expliquer l'orientation que je lui ai donnée sans...

— Passez à ce que vous avez fait pendant que vos inspecteurs prenaient des photographies.

Frissard avait sourcillé, car il était rare que Lhomond, à l'audience, traitât aussi durement un témoin, surtout un représentant de l'autorité qui semblait avoir agi de son mieux. Il était plus gênant, pour le Président, de rencontrer le regard reconnaissant du jeune Jouve.

— Le sous-chef de gare qui se trouvait sur les lieux, Julien Mabille, m'ayant confié qu'il croyait reconnaître la victime pour une certaine Mariette, dont il ignorait le nom de famille, mais qu'il savait habiter rue Haute, je me suis rendu dans cette rue, où une dame Joséphine Brillat, qui ouvrait sa porte pour prendre le lait sur son seuil, m'a immédiatement désigné la maison des Lambert. J'en ai trouvé la porte entrouverte et l'ai poussée. Dès l'entrée, j'ai été frappé par une forte odeur d'alcool et de vin. Une bouteille de vin rouge était brisée au milieu de la pièce.

Lhomond avait le front et la nuque couverts de
sueur et il lui semblait que son cou était gonflé, que
les yeux lui sortaient de la tête. Les moindres mots
prononcés, pourtant, arrivaient nettement à son esprit,
mais les images qu'ils évoquaient avaient un caractère un peu hallucinant par leur précision en même
temps que par leur déformation.

Il n'en oubliait pas les devoirs de sa charge, se
sentait même capable, tout à coup, de penser à plusieurs choses à la fois sans les embrouiller. Cela devenait presque un jeu. Chaque visage, dans la salle,
était aussi distinct que sur une photographie anthro-
pométrique et, pourtant, sa pensée suivait le témoin
dans la maison des Lambert, qu'il ne connaissait que
par le plan et par des photographies.

— Passez les documents 5 et 6 aux jurés, dit-il à
Joseph.

Belet attendit que ce fût fait.

— Ainsi qu'on peut le voir sur le plan, la maison,
vieille et délabrée comme la plupart des maisons du
quartier, comporte deux pièces au rez-de-chaussée et
deux pièces au premier étage. Il n'y a ni grenier ni
mansardes. La première pièce, d'après son ameuble-
ment assez sommaire, est à la fois salle à manger et
chambre à tout faire. Un escalier la fait communiquer
directement avec l'étage. La seconde pièce est la cuisine, où j'ai trouvé une bouteille de rhum aux trois
quarts vide ainsi que deux verres sales. Lorsque je
suis arrivé, et bien qu'il fît grand jour, l'ampoule
électrique pendue au plafond était allumée. J'ai aperçu
l'accusé étendu en travers de l'escalier, la tête sur son
bras replié, et paraissant profondément endormi.

Jouve s'agita et il avait raison. Le « paraissant »
était de trop.

— Il était vêtu d'un complet gris fripé. Sa cravate était défaite, le col de sa chemise ouvert. Son haleine sentait fortement l'alcool. Comme il ne répondait pas à mes appels, je lui ai secoué l'épaule et il a fini par ouvrir les yeux. Il ne s'est pas levé tout de suite et a mis un temps à reprendre ses esprits.

Un sourire ironique passa sur les lèvres de Lambert. N'était-il jamais arrivé à Belet d'être ivre et de s'éveiller avec la gueule de bois ? Etait-il nécessaire de faire, de son état, une description aussi minutieuse ?

Lhomond, qui ne souriait pas, pensait à Frissart décrivant sa sortie de chez Armando, à Fontane déposant que, quand il s'était présenté à la pharmacie, le Président n'avait pas de cravate. Quand Laurence avait agité sa sonnette d'argent, il était en pyjama et en robe de chambre, il s'était rhabillé en hâte, oubliant sa cravate pour la première fois de sa vie. Il ne s'en était aperçu qu'au retour.

— Avant que je puisse lui poser une question, il m'a regardé des pieds à la tête et m'a demandé si j'étais un flic.

La salle rit, comme prévu. Belet l'avait fait exprès. Non seulement les témoins, mais certains Présidents recherchent ces petits succès d'audience.

— Lorsque je lui ai demandé où était sa femme, il m'a répondu que ce n'était pas mon affaire. Il avait fini par se mettre debout et j'ai remarqué qu'il fixait d'une façon particulière la bouteille cassée.

Si on ajoutait foi aux déclarations de Lambert, l'explication de ce regard-là était simple. Il avait bu des Pernod avec son ami Fred. Seul, ensuite, il avait bu du marc. Il se rappelait être entré au moins dans un autre bar, il ignorait lequel, et, quelque part, avoir probablement bu du vin rouge. Ce dont il ne se sou-

venait pas, c'était d'en avoir acheté une bouteille et
de l'avoir apportée chez lui. La vue des éclats de
verre, des éclaboussures de vin le surprenait et il
s'efforçait de reconstituer la fin de sa soirée.

Mais cela supposait son innocence, contre laquelle
étaient toutes les présomptions.

— J'ai insisté en ce qui concernait sa femme et
il m'a désigné l'escalier.

« — Allez voir là-haut, m'a-t-il lancé, et si le salaud
est encore dans son lit, appelez-moi afin que je lui
casse la gueule. »

Il y eut, cette fois, de la nervosité dans les rires
qui fusèrent, surtout que Lambert faisait face à la
foule avec une expression de défi sur le visage.

N'avait-il pas le droit de parler comme bon lui
semblait, même à un commissaire de la Brigade Mobile ? Est-ce que c'étaient les curieux, en rangs dans la
salle comme dans un jeu de massacre, qui étaient
rentrés ivres cette nuit-là et s'étaient imaginé, à tort
ou à raison, que leur femme était couchée avec un
homme ?

Belet regardait le Président pour quêter son approbation, mais il n'y avait aucun encouragement dans l'expression quasi dégoûtée de Lhomond. Cela désarçonna
le commissaire qui, dès lors, s'efforça de couper au
court.

— Lui ayant demandé la permission de monter, en
l'absence d'un mandat de perquisition, et ayant reçu
une réponse affirmative...

Cela, c'était la formule administrative. Belet serait
monté quand bien même Lambert aurait essayé de
s'y opposer. Ce n'était qu'une petite tricherie, certes, qui
ne changeait rien au fond de l'affaire. On avait vu
pis au cours de procès précédents sans que Lhomond

éprouvât le besoin d'intervenir, sans même souvent qu'il s'en aperçût. La fièvre, aujourd'hui, devait amplifier démesurément ses sentiments, car il ressentait une véritable indignation et n'était pas loin de prendre en grippe un fonctionnaire de valeur et de mérite.

Celui-ci l'avait senti. Il ne parvenait pas à comprendre la cause de cette attitude du magistrat et il lui arriva plusieurs fois d'être distrait et d'en perdre le fil de son récit.

— ... Je suis monté en compagnie de l'accusé et me suis trouvé dans une chambre à coucher dont le lit était défait. Sur le plancher, deux souliers de femme, assez éculés, gisaient à une certaine distance l'un de l'autre, comme si on les avait lancés au petit bonheur. Un bas nylon, sale et déchiré, était sur le pied du lit, un autre, roulé en boule, sur une chaise.

« La maison n'a pas l'eau courante. Dans une cuvette de faïence, il y avait encore de l'eau savonneuse et, sur le miroir et le dessus de la toilette, des traces de poudre de riz.

« J'ai demandé à l'accusé, resté debout près de la porte, si sa femme avait passé une partie de la nuit ou de la journée précédente dans son lit et il m'a répondu qu'il n'en savait rien et que, si elle était partie avec son amant, c'était bon débarras.

« Interrogé sur son emploi du temps de la nuit, il m'a déclaré qu'il avait passé une partie de la soirée à boire dans différents bars de la ville, était rentré trop ivre pour savoir quelle heure il était, avait entendu du bruit au premier étage, des bruits de voix, croyait-il, et s'était écroulé dans l'escalier où il s'était endormi.

« Un de mes inspecteurs m'a rejoint à ce moment-là et nous avons procédé à l'examen des lieux. De certaines constatations, sur lesquelles je n'insiste pas, et de l'examen pratiqué ensuite au laboratoire, il découle que, dans les quinze heures qui ont précédé notre perquisition...

Il eut l'air de demander au Président la permission de continuer et cela devait le gêner qu'il y eût une femme parmi les jurés.

— ... il découle, dis-je, que le lit a été occupé par un couple et que celui-ci y a eu des relations sexuelles.

La lèvre de Lambert se retroussa en un rictus et le regard de Lhomond alla chercher, dans la salle, le visage de Lucienne Girard qui souriait avec condescendance. Cela ne lui semblait-il pas ahurissant à elle qu'on donne, publiquement, tant d'importance à une chose si simple ? Mme Falk avait détourné la tête. Le conseiller Frissart demanda à voix basse :

— Est-il impossible, par l'analyse, d'établir si c'est le sien ou non ?

Belet poursuivait :

— Une des serviettes, sur la toilette, portait deux taches de sang peu importantes. Le laboratoire a confirmé par la suite que le sang appartenait à la même catégorie que celui de la victime.

L'horloge, au-dessus de la porte, marquait cinq heures. Une femme assez jeune sortit sur la pointe des pieds, sans doute parce qu'il était temps d'aller mettre son dîner au feu. Une autre ne tarda pas à suivre son exemple et on aurait dit qu'à mesure que le temps passait les visages se burinaient, perdaient leur couleur, devenaient pareils à des figures de cire. On entendait parfois le bruit d'un autobus, dehors, mais cela semblait se passer dans un autre univers.

Belet, lui aussi, commençait à ressentir une certaine lassitude et, à un moment donné, mit la main à sa poche, tenté de consulter ses notes qu'il avait dû relire dans la salle des témoins, mais dont il n'avait pas le droit de se servir à l'audience.

Pour éviter de trop longs silences, Lhomond, suivant le dossier des yeux, lui vint plusieurs fois en aide.

— Vous avez relevé des empreintes digitales ?

— Oui. Lorsque les photographes eurent terminé leur travail sur le remblai, ils sont venus me rejoindre. Il y avait alors un attroupement dans la rue et la police du quartier établit un service d'ordre.

— Parlez-nous des empreintes.

Il signifiait à Joseph de remettre aux jurés de nouvelles photographies.

— Tout d'abord, sur le goulot de la bouteille brisée, se trouvaient des empreintes très nettes du pouce et de l'index droits de l'accusé. La bouteille de rhum découverte dans la cuisine a été examinée ensuite.

« Elle portait les empreintes de la victime ainsi que celles d'un homme, empreintes qu'on retrouvait sur un des deux verres.

— Vous pouvez dire dès maintenant à qui appartiennent ces dernières empreintes.

— A un certain Justin Gelino, marchand forain, titulaire de plusieurs condamnations, qui nous a été désigné par une des voisines comme étant rentré avec la victime le 19 mars, veille de la découverte du cadavre, vers sept heures du soir.

— Quelles empreintes avez-vous relevées au premier étage ?

— Celles de l'accusé, de la victime et de Gelino. Celui-ci, appréhendé le lendemain, a déclaré...

Lhomond lui coupa la parole.

— Il est cité comme témoin et les jurés entendront sa déposition en temps voulu. Dites-nous ce que vous sa-

vez de l'emploi du temps de la victime l'après-midi
du 19 mars, qui était un samedi.

— Un de nos experts ayant remarqué que les cheveux portaient des traces de mise en pli récente et d'un
rinçage, j'ai fait enquêter dans les salons de coiffure de
la ville. Dans un établissement de la rue Deglane,
« Chez Maurice », on s'est souvenu de la visite de
Mariette Lambert, qui était une cliente régulière. Elle
avait un rendez-vous à trois heures. La cliente précédente étant arrivée en retard, elle a dû attendre assez
longtemps et, au lieu d'en avoir fini vers cinq heures,
comme elle s'y attendait, n'est sortie du salon qu'à six
heures dix. La caissière a remarqué, dès cinq heures
moins le quart, un jeune homme qui faisait les cent pas
sur le trottoir et venait de temps en temps regarder à
travers la devanture. Elle a même lancé à Mariette Lambert :

« — Je crois que quelqu'un vous attend avec impatience. »

« A quoi celle-ci aurait répondu :

« — Plus tôt il s'en ira et mieux cela vaudra pour
lui. J'en ai marre des blancs-becs qui se figurent que
c'est arrivé.

Pour la première fois depuis le début du procès,
Lambert eut un sourire presque léger et on aurait pu
croire qu'un certain attendrissement brouillait un instant ses traits. Etait-ce de retrouver le langage de sa
femme, son attitude devant certains hommes ?

Lucienne Girard aussi, au neuvième rang, souriait
comme si elle comprenait.

Lhomond questionna :

— Le jeune homme attendait toujours quand elle est
sortie ?

— La caissière était occupée et n'a pas fait attention.

— Veuillez dire aux jurés ce que l'enquête a révélé à son sujet.

— Il a été identifié par la caissière, au cours d'une confrontation, comme étant un nommé Joseph Pape, dix-huit ans, vivant avec sa mère, femme de ménage, dans la rue des Minimes, qui se trouve dans le quartier de la Boule d'Or, non loin de la rue Haute. Joseph Pape travaillait à l'époque comme garçon livreur à l'épicerie Martel, avenue Gambetta. Devant être à son poste dès sept heures du matin pour aller chercher les marchandises à la Grande Vitesse, il quittait le travail à quatre heures et demie. Le soir, à sept heures, il travaillait comme placeur au cinéma Excelsior. Un mois environ après la mort de Mariette Lambert, il a entrepris les démarches nécessaires pour s'engager dans l'armée et a été accepté. Je crois que...

Lhomond sut ce qu'il allait dire.

— C'est exact. Joseph Pape se trouve dans la salle des témoins et déposera à son tour.

Deux fois au moins, pendant la dernière demi-heure, le Président avait failli lever la séance et jamais il n'avait vu les aiguilles de la grosse horloge avancer avec autant de lenteur. Sa tête était lourde, sensible, et il lui arrivait de devoir faire un effort brusque pour garder les yeux ouverts. Il savait tout ce qui restait à faire, les témoignages qu'il faudrait encore entendre, et il en était découragé. Cela lui semblait tout à coup tellement futile, tellement loin de la réalité !

La veille encore, s'il n'était pas entièrement satisfait du dossier, il ne l'en considérait pas moins comme suffisant pour servir de base aux débats et était persuadé que ceux-ci permettraient d'approcher la vérité dans la mesure où c'est humainement possible.

Les mêmes témoignages, à présent, devenaient fluides

comme de l'eau et, chaque fois qu'il entendait émettre
une affirmation, il avait envie de demander :

— Qu'est-ce qu'il en sait ?

Ou bien :

— Qu'est-ce que ça prouve ?

Un homme, que personne dans la salle, en tout cas
parmi les membres de la Cour ou parmi les jurés, ne
connaissait, était accusé d'avoir tué sa femme. Son avocat lui-même était si impressionné par les arguments du
Ministère Public qu'il avait conseillé à son client de
plaider coupable dans l'espoir d'obtenir les circonstances
atténuantes, ou tout au moins le minimum de la peine.

Du point de vue pratique, Jouve avait raison. Il
était suffisamment établi que Mariette avait eu des
rapports intimes avec un grand nombre d'hommes,
y compris, vers la fin, Gelino et le jeune Pape qui
s'était engagé dans l'armée.

On pouvait prétendre aussi que, si Lambert l'avait
épousée après deux ans de cohabitation et s'il avait
vécu ensuite quatre ans avec elle malgré sa conduite
et encore qu'elle ne lui apportât aucun avantage matériel
c'est qu'il nourrissait une certaine passion à son égard.

L'enquête et l'instruction prouvaient qu'il était ivre
le samedi soir en rentrant chez lui et cela aidait à
écarter la préméditation.

N'était-il pas naturel, dans ces conditions, de plaider
le crime passionnel ?

Il faudrait lutter contre certaines préventions, contre
l'effet, sur le jury, des condamnations antérieures, du
genre de vie que menait Lambert, du fait qu'il avait lui-
même des relations avec un certain nombre de femmes et
en particulier qu'il avait, une fois au moins, sincèrement
ou non, parlé mariage à une certaine Hélène Hardoin.

Si, pour des hommes d'un autre milieu et d'un autre

caractère, un acquittement n'était pas impossible, on ne pouvait guère y compter dans son cas, mais il était à peu près assuré d'échapper aux peines les plus graves.

Il avait dit non, nettement, d'un ton tranchant, Jouve, navré, l'avait avoué à Lhomond, et, pendant les deux jours qui avaient suivi cette suggestion, l'accusé avait refusé de voir son avocat.

Cadoux, lui, qui avait pratiqué Lambert plus que les autres au cours d'une longue instruction, avait dit au Président :

— Il a les cheveux plantés bas sur le front, les sourcils épais, en ligne droite, se rejoignant à la base du nez, ce qui est le signe des têtus. Personne ne fera changer d'idée un homme comme celui-là. En s'éveillant, il a déclaré au commissaire de la Brigade Mobile qu'il était innocent et il le répétera jusqu'à sa mort.

Cadoux avait peut-être raison. Tout était possible : que Lambert soit innocent ou coupable, et même, car, malgré tout, le contraire n'était pas prouvé, que Mariette se soit suicidée, ou qu'elle se soit tuée accidentellement en tombant la tête la première sur le rail.

Ce qui, depuis le matin, hantait Lhomond, c'était la conscience qu'il prenait soudain de l'impossibilité pour un humain d'en comprendre un autre.

Belet parlait toujours, L'horloge marquait six heures. Le Président attendit la fin d'une phrase dont il n'écoutait que la musique et, dès que le témoin reprit haleine, frappa un coup de son marteau.

— L'audience reprendra demain matin à dix heures.

Il se rendait compte que ses assesseurs se regardaient avec stupeur et qu'Armemieux était dérouté. Cela lui était égal.

Il allait se mettre au lit dès qu'il rentrerait chez lui. comme Chouard lui avait conseillé de le faire.

CHAPITRE V

LA SONNETTE D'ARGENT

CE FUT LA PLUS LONGUE nuit de sa vie, pendant laquelle il eut à remonter plusieurs fois, en sueur et pantelant d'angoisse, des abîmes du cauchemar. La ligne de démarcation n'était pas toujours précise entre la réalité et le rêve et il lui arrivait de se débattre, conscient de glisser à nouveau sur une pente vertigineuse, s'efforçant de se raccrocher à des aspérités qui devenaient sans consistance, comme il lui arrivait, le corps presque froid, de rester étendu sur le dos, les yeux ouverts, à regarder le halo rougeâtre qui émanait de la chambre voisine et à écouter la respiration de sa femme.

Quand il était rentré, tout de suite après l'audience, sans prendre un taxi parce que cela lui paraissait ridicule pour un si court chemin, il avait vu, par la porte ouverte, pendant qu'Anna lui retirait son pardessus, son couvert mis dans la salle à manger.

— Dites à Léopoldine que je ne dînerai pas. Il suffira, tout à l'heure, de me monter un verre de lait.

Elle avait dû remarquer qu'il était rouge et que
ses yeux étaient plus brillants que d'habitude.

— Vous ne voulez pas que j'appelle le docteur ?

— Je l'ai vu.

Elle n'insista pas. Pour elle, les gens riches — et les
patrons, à ses yeux, étaient tous des gens riches —
étaient pétris d'une autre pâte que le commun des
mortels et il ne fallait pas essayer de les comprendre.
Sa conception était, à rebours, l'équivalent de celle
qu'Alain Lhomond avait eue de ce qu'en son temps
on appelait les gens du peuple.

Il monta l'escalier, emportant sa serviette, pénétra
d'abord dans sa chambre comme il en avait l'habitude
et avança sans bruit jusqu'à la porte de communication,
pour le cas où Laurence aurait été endormie. Assise
sur son lit, elle le regardait, les sourcils froncés, une
question dans les yeux.

— Je suis un peu grippé, dit-il d'un ton léger. J'ai vu
Chouard, qui m'a fait à tout hasard une injection de
pénicilline. Je préfère ne pas dîner. Je n'ai pas faim.
Je vais me mettre au lit et, tout à l'heure, je prendrai
un verre de lait.

Pourquoi l'observait-il comme s'il rentrait d'un long
voyage et avait besoin de se familiariser à nouveau
avec son aspect ? Depuis cinq ans qu'elle vivait dans
son lit, elle avait beaucoup maigri, beaucoup vieilli.
Ses cheveux étaient gris. A ses yeux, c'était maintenant
une vieille femme et il lui arrivait de se demander,
quand il se rasait devant son miroir, s'il paraissait aussi
âgé qu'elle. Il se sentait jeune, ne s'accoutumait pas à
l'idée qu'il avait cinquante-cinq ans et que des amis
de son âge avaient des fils avocats, médecins, officiers
de marine.

— Tu crois que tu pourras aller demain au Palais ?

— Il faudra bien. Tu n'as pas eu une mauvaise journée ?

— Pas trop mauvaise.

Des journaux étaient éparpillés sur son lit et certains, qui venaient de paraître, publiaient déjà le compte rendu de l'audience du matin et d'une partie de celle de l'après-midi. Cela lui déplut, l'inquiéta qu'elle les ait lus.

— Tu ne vas pas dormir tout de suite ? questionna-t-elle encore.

— Je ne crois pas. J'essayerai de revoir mon dossier dans mon lit.

Tous les jours, ils se parlaient de la sorte et, tous les jours, ils en éprouvaient la même gêne. Leurs voix, leur attitude étaient normales. Ils prononçaient des phrases ordinaires, comme en échangent les gens qui vivent ensemble, mais c'était un peu comme si les mots, avant d'arriver à destination, devaient traverser une zone de vide. Les syllabes, il en était persuadé, avaient une résonance particulière, comme elles en auraient eu sous une cloche.

Pourtant, il ne lui en voulait pas. Cent fois, il avait été tenté de lui tendre la main. Il avait essayé, peut-être gauchement, maladroitement, mais en toute sincérité. C'était elle qui créait ce désert entre eux et qui se tenait en dehors de sa vie. Une fois, il avait commencé, en lui passant un bras autour des épaules :

— Vois-tu, Laurence, ce n'est pas ta faute...

Il y avait des jours où il le pensait. Il la plaignait du fond du cœur. Seulement, quand il essayait ainsi de la ramener, il n'existait en lui aucune vibration, aucun frémissement, aucune chaleur. Elle le sentait, savait qu'il n'était plus qu'un étranger avec qui elle vivait pour des raisons quasi mystérieuses.

Elle se dégageait, faisait, un doigt sur les lèvres :

— Chut !...

Ou bien elle lui demandait d'aller remplir la carafe d'eau fraîche.

Elle ne voulait pas de sa pitié et il n'avait rien d'autre à lui offrir.

Il alla se déshabiller, se mit en pyjama pendant qu'Anna, qui venait de monter, ouvrait son lit.

— Je laisse brûler les bûches ? lui demanda-t-elle.

Il dit oui sans avoir entendu la question et installa ses oreillers de façon à s'asseoir dans son lit dans la même position que Laurence, sa serviette à portée de la main.

— Si tu as besoin de quelque chose, dit-il à voix haute, n'hésite pas à m'appeler. Je ne suis pas tellement malade !

Il sortit le dossier, par acquit de conscience, mais il n'avait pas le courage de lire tout de suite. Les lettres dactylographiées se brouillaient devant ses yeux qu'il tint fermés, après les avoir fixés un certain temps sur les bûches du foyer. Il entendit Anna descendre, remonter plus tard avec le dîner de Laurence sur un plateau.

Son tort, à lui, avait été de l'épouser, mais il n'en avait pas conscience à l'époque, croyant de bonne foi se comporter comme la plupart des hommes. Peut-être, après tout, s'était-il comporté comme la plupart des hommes ?

Il avait trente et un ans. Son père vivait encore et n'avait pas abandonné ses fonctions de juge de paix. Lui-même, au Palais, était substitut du Procureur Général Pellé, qui devait mourir quelques années plus tard dans un accident d'avion.

Il avait rencontré Laurence chez des amis, au cours d'un dîner suivi d'une soirée dansante, et elle avait alors vingt-neuf ans. Comment aurait-il pu la décrire ?

Elle était plutôt grande, solidement charpentée, avec des attitudes nettes, presque masculines.

C'était une des rares filles de son âge, dans le groupe, à n'être pas mariée. Sa sœur, Renée, avait épousé un comte de Vaux d'Arbois et vivait à Paris. Elle avait un frère plus jeune, Daniel, marié aussi, qui se préparait à reprendre les affaires de leur père.

On pouvait voir leur nom sur les murs et à l'étalage des épiceries. Les biscuits Pierjac, sans être la plus grande marque nationale, n'en étaient pas moins une affaire importante dont les usines occupaient plusieurs hectares au bord de la rivière.

Comment, pourquoi s'étaient-ils mariés ? Il ne pouvait répondre à coup sûr qu'en ce qui le concernait. Les passades qu'il avait eues jusque-là, même quand il s'était cru amoureux, n'avaient duré que quelques semaines après lesquelles, d'un jour à l'autre le plus souvent, il avait toujours retrouvé son scepticisme et son sang-froid.

Il n'était pas ému en présence de Laurence. Elle lui faisait plutôt l'effet d'un bon camarade, qui avait sur les autres jeunes filles l'avantage d'être calme et de ne pas compliquer l'existence. Pendant des semaines, alors qu'il la rencontrait comme par hasard à toutes les soirées auxquelles il se rendait, l'idée ne lui vint pas de l'embrasser, ni de lui prendre la main, et sans doute, s'il l'avait fait, l'aurait-elle regardé avec ironie en disant :

— Vous !

Ces enfantillages n'étaient pas pour eux et il plaignait ceux de leurs amis qui s'y livraient encore.

Six des fermes d'Alain Lhomond avait été vendues. On pouvait prévoir que les dernières s'en iraient à un rythme accéléré. Les Pierjac étaient riches. Roger Pierjac,

le père, qui passé la soixantaine était pris soudain d'une
fringale de plaisirs, avait hâte de se débarrasser de sa
fille.

Des amis, comme toujours en pareil cas, avaient
monté autour d'eux une véritable conspiration.

Il était faux de dire que Lhomond avait épousé
Laurence par intérêt, mais il était certain qu'il ne
l'avait pas épousée par amour. Elle lui apportait un
certain sentiment de sécurité qui lui manquait, une
régularité de vie, une discipline dont il croyait avoir
besoin.

En guise de dot, Roger Pierjac leur avait donné,
meublée, la maison de l'avenue Sully, en s'engageant
à en payer les impôts sa vie durant, ainsi que les gages
de deux domestiques.

Chacun, en somme, avait cru bien agir. Pierjac devenait libre d'aller plus souvent à Paris, à Deauville,
à Cannes et ailleurs, voire de recevoir des femmes dans
son hôtel particulier. Laurence de son côté, qui avait
toujours souffert d'une certaine vulgarité de sa famille,
était satisfaite d'appartenir désormais au monde de la
magistrature et du barreau.

Alain Lhomond, le père, ne fit jamais le moindre
commentaire au sujet du mariage. Il se contenta, quand
son fils le lui annonça, de le regarder avec curiosité et
de hausser les épaules.

Lorsque Lhomond découvrit que Laurence était
vierge, il en fut quelque peu troublé. Mais jamais,
entre eux, ils ne firent allusion à des questions sexuelles
ou même passionnelles. Laurence n'était pas une maîtresse. Dans l'intimité de leur chambre, elle était à peine
une épouse. C'était plutôt une amie et une maîtresse
de maison.

L'idée ne leur venait ni à l'un ni à l'autre d'échanger des confidences sur leur vie intime et, pendant longtemps, il continuèrent à se vouvoyer, ne cessèrent de le faire que quand Renée, la sœur devenue comtesse, vint les voir et éclata de rire en déclarant que c'était vieux jeu.

Tous les deux étaient de bonne foi. Chacun, Lhomond en aurait mis sa main au feu, faisait son possible pour rendre la vie commune agréable. A la mort du père Pierjac, frappé d'embolie au cours d'un de ses voyages à Paris, Laurence hérita d'un tiers des actions de l'usine et, sans qu'il en fût jamais question entre eux, commença à gérer sa fortune personnelle.

Peut-être, s'ils avaient eu des enfants, auraient-ils formé une famille comme les autres? De cela non plus, ils ne s'entretenaient jamais. Renée, à Paris, avait une fille et deux garçons. Lorsqu'on allait la voir, dans son petit hôtel particulier de la rue Saint-Dominique, et qu'ils se précipitaient sur Laurence, celle-ci paraissait se demander ce qu'elle devait faire et, après quelques minutes, était déjà fatiguée de leurs cris.

L'avenir de Lhomond était un sujet qu'ils abordaient souvent et dont ils pouvaient deviser pendant toute une soirée. A cause de cet avenir, justement, il avait quitté la magistrature debout pour la magistrature assise et il prévoyait le moment où un siège serait vacant à Paris.

— Allez voir si Monsieur n'a besoin de rien, disait Laurence à Léopoldine dans la chambre voisine.

— Vous n'avez pas trop chaud, Madame?

Chaque soir, Léopoldine, avant de monter au second, passait dire bonsoir à Laurence. Elle entra chez Lhomond.

— Il paraît que vous êtes malade?

— Une légère grippe.

— J'espère que vous n'allez pas vous rendre au Palais, demain matin ? Il commence à geler dur. Vous feriez mieux de laisser vos papiers tranquilles et de dormir. Voulez-vous que je les range sur le secrétaire ?

— Merci, Léolpoldine. Pas maintenant.

Elle qui avait connu une longue période de leur vie, qu'est-ce qu'elle pensait d'eux ? Et que savait-elle de ce qui s'était passé cinq ans plus tôt ? Est-ce que, comme Anna, elle professait qu'il ne faut pas essayer de comprendre le comportement des gens riches ?

Elle avait ses problèmes personnels. Elle n'en parlait pas, mais, à son visage, on savait quand son fils était venu lui rendre visite. Il avait vingt-cinq ou vingt-six ans et, sans ses attitudes efféminées, aurait été ce qu'on appelle un joli garçon. Celui-là, Lhomond en était sûr, était pédéraste et, loin d'en avoir honte, l'affichait. Il travaillait pour un décorateur d'un certain âge, Auguste Forestier, avec qui il vivait dans une vaste maison de pierre où, disait-on, se réunissaient la plupart des homosexuels de la ville. Le juge Delanne y allait-il ?

— Bonne nuit, Monsieur. A votre place, je sais ce que je ferais, mais les docteurs d'aujourd'hui ont des idées différentes...

Elle lui aurait mis des sangsues, comme elle le faisait à elle-même dès qu'elle ne se sentait pas d'aplomb.

— Bonne nuit, Léopoldine. Faites-moi réveiller à sept heures.

— Vous êtes sûr ?

— C'est indispensable.

Il commençait à avoir peur de se trouver sans voix le lendemain, car ses cordes vocales étaient irritées et cela le fatiguait de parler.

— J'éteins le plafonnier ?

— Si vous voulez.

Pour ne plus penser à lui-même et à Laurence, il
se contraignit à lire un certain nombre de pages du dossier Lambert et, tout de suite, la silhouette de celui-ci,
qu'il avait vu toute la journée au banc des accusés,
prit vie devant ses yeux.

Il n'en avait pas tout à fait fini avec le commissaire
Belet qui, le lendemain, aurait à terminer sa déposition.
Les témoins suivants avaient peu à dire. Il s'agissait
d'établir que Lambert était ivre en rentrant chez lui et
de fixer l'heure aussi exactement que possible.

Alfred Mouveau, celui que l'accusé avait désigné
sous le nom de Fred et qui travaillait au même garage
que lui, confirmait qu'ils étaient allés ensemble au
Café des Sports. Il n'avait bu qu'un apéritif, un Pernod, mais Lambert en avait pris trois.

Mouveau avait vingt-quatre ans, était marié, père
d'une petite fille de trois ans. Sa femme attendait un
bébé.

Un certain Sanzède, un gros homme, le propriétaire
du *Café des Sports,* avait en personne servi Lambert
et confirmait l'histoire de Mouveau.

Le nommé Miquet, garçon de comptoir au *Fer à
Cheval,* avait aussi servi Lambert, qui avait bu du
marc de Bourgogne.

— Il était comme tous les hommes qui viennent
boire le samedi, avait-il dit à l'instruction.

La Police Judiciaire avait retrouvé le troisième bar
dont Lambert avait parlé, le *Bar des Amis,* dans le
quartier de la Boule d'Or. Piéri, le patron, avait déclaré
au juge d'instruction :

— Je connais Lambert, qui vient souvent chez moi.
Il prend une cuite de temps en temps, mais je ne l'ai
jamais vu causer de désordre. Ce soir-là, il était rétamé
et j'ai eu peur qu'il s'endorme au comptoir. Il a pris

deux verres de marc. Il ne m'a pas dit ce qu'il voulait boire et s'est contenté de me désigner la bouteille.
Quand je lui ai conseillé de partir, il s'est penché, a
passé le bras par-dessus le comptoir et a saisi un litre
de rouge entamé qu'il a emporté sous son bras. J'ai
préféré le laisser faire. J'étais sûr qu'il viendrait me
payer le lendemain ou un autre jour.

La liste était encore longue et Lhomond se demandait s'il pourrait en finir le lendemain. C'était douteux,
surtout si, à un moment donné, l'Avocat Général se
mettait à poser des questions. Jusqu'ici, Armerieux
avait gardé le silence, ce qui était assez surprenant de
sa part. Il est vrai que c'étaient ses témoins qui défilaient.

Hortense Vavin, qui se donnait comme ménagère
et habitait juste en face de chez les Lambert, prétendait avoir vu entrer Mariette vers sept heures du
soir en compagnie d'un homme qui répondait au si-
gnalement de Gelino, qu'elle avait reconnu ensuite au
cours d'une confrontation. Pendant un certain temps,
selon elle, il n'y avait eu de la lumière qu'au rez-de-
chaussée de la maison. Après un laps de temps qu'elle
évaluait à un bon quart d'heure, la lampe s'était allumée au plafond de l'étage.

On lisait dans le rapport de Cadoux :

« *Question.* — Les rideaux étaient-ils fermés ?

« *Réponse.* — Ils n'ont jamais eu que des rideaux
transparents, à travers lesquels on voit tout, même que,
le soir, je n'arrive pas à faire coucher mon mari. Heureusement que ma fille est mariée et vit en Algérie
avec son mari.

« *Q.* — Qu'avez-vous vu ?

« *R.* — J'ai vu Mariette, toute nue, passer devant
la fenêtre.

« *Q.* — Vous n'avez pas aperçu son compagnon dans la chambre ?

« *R.* — Pas dans la chambre. D'en bas, on ne voit les gens que quand ils se tiennent près de la fenêtre. Il aurait fallu que je monte et j'avais autre chose à faire. Sans doute qu'il était sur le lit.

« *Q.* — Votre mari n'était pas avec vous ?

« *R.* — Le samedi, il ne rentre jamais avant les petites heures.

« *Q.* — Vous avez vu sortir le couple ?

« *R.* — Non.

« *Q.* — Vous êtes restée chez vous toute la soirée ?

« *R.* — Je n'étais pas tout le temps dans la pièce de devant.

« *Q.* — Vous avez vu rentrer Lambert ?

« *R.* — Comme je vous vois.

« *Q.* — Quelle heure était-il ?

« *R.* — Un peu plus de huit heures. Il tenait une bouteille sous le bras et il zigzaguait suffisamment pour que j'aie peur qu'il s'étale au milieu de la rue.

« *Q.* — Il y avait encore de la lumière au premier étage ?

« *R.* — Je crois que oui.

« *Q.* — Vous n'en êtes pas sûre ?

« *R.* — Si j'avais su que c'était important, j'aurais regardé. A ce moment-là, je ne le savais pas encore.

« *Q.* — Vous avez vu souvent Mariette Lambert entrer chez elle ou en sortir en compagnie de Gelino ?

« *R.* — De celui-là et d'un tas d'autres.

« *Q.* — Vous étiez en bons termes avec elle ?

« *R.* — Je lui disais bonjour-bonsoir comme à tous les voisins, mais je n'avais pas envie de la fréquenter. »

Les lettres dansaient devant ses yeux et il se laissa

glisser plus avant dans son lit en repoussant le dossier. Est-ce que, dans la chambre voisine, Laurence s'était endormie ? Est-ce que pour le punir d'être malade, elle allait avoir une crise ? Ce n'était pas ce qu'il voulait dire. C'était difficile à expliquer. Dans son esprit, ce n'était pas méchant du tout. Il comprenait ce qui poussait sa femme à agir de la sorte. Du moins, aujourd'hui, la bouteille qui contenait le médicament n'était-elle pas cassée et n'aurait-il pas à se rhabiller au milieu de la nuit pour aller sonner chez Fontane.

Il avait oublié, en rentrant, de jeter un coup d'œil au flacon. A certain moment, dans le courant de l'après-midi, il s'était promis de le faire, par précaution. Sur ce point-là, aussi, il se comprenait. Il n'accusait pas Laurence de mauvaises intentions. Si cela avait été possible, pourtant, il se serait arrangé pour qu'elle ne lise pas les journaux. Il ne les avait pas regardés, mais on devait y parler longuement de Mariette. Celle-ci, dont personne ne s'était préoccupé pendant sa vie et qui n'était qu'une petite roulure de rien du tout comme il en traîne des douzaines dans les rues, était devenue tout à coup, à cause de sa mort, une sorte d'héroïne.

Ce n'était pas exact non plus. Ce n'était pas le mot, mais, du moment qu'il savait ce qu'il voulait dire, cela n'avait pas d'importance. Il n'avait pas le courage de corriger.

Lui non plus n'avait jamais vu Mariette, même morte. Ce n'était pas son rôle. Il était trop haut dans la hiérarchie. La semaine précédente, il n'avait jamais rencontré Dieudonné Lambert. Leur seule entrevue, avant de le voir au banc des accusés, avait été dans son cabinet, pour l'interrogatoire final, qui était plutôt une formalité.

Cela le frappait, tout à coup, surtout à cause des

témoins. Il savait ce qu'ils avaient dit, soit au commissaire ou à ses inspecteurs, soit au juge d'instruction, mais, jusqu'au moment où Joseph avait fait l'appel et les avait dirigés vers la salle des témoins, il ignorait à quoi ils ressemblaient. Ils n'étaient pour lui que des noms, des entités, et il n'aurait vraiment l'occasion de les observer qu'au cours de leur déposition.

Il n'était pas en train de critiquer la procédure criminelle. Il était trop fatigué pour ça et son oreiller était déjà trempé de sueur. Il ne regardait plus les flammes du foyer, ni le plafond, ne tendait plus l'oreille aux bruits qui pourraient se faire entendre dans la chambre voisine.

Il avait fermé les yeux. Des petits points brillants dansaient sous ses paupières, comme des étincelles. Ce qu'il voulait dire, c'est que celui qui avait eu une connaissance directe des gens et des lieux était le commissaire Belet. Même pas. C'étaient ses inspecteurs, car il était probable que Belet n'était pas allé partout en personne et ne s'était réservé que les témoins importants. Donc, Belet, déjà, ne connaissait certains détails que de seconde main.

Cadoux, à son tour, était entré dans la partie. Il s'était rendu sur la voie, sans doute aussi dans la maison de la rue Haute — ce n'était pas certain — et était allé revoir le cadavre à la morgue.

Des gens avaient défilé devant lui, dans son cabinet, mais il n'était pas allé chez eux, ne les avait pas vus dans leur cadre, pas plus qu'il n'avait vu de ses yeux les endroits qu'ils lui décrivaient.

L'Avocat Général, lui, ainsi que les quatre juges de la Chambre des Mises en Accusation, n'avaient qu'une connaissance théorique des faits. On leur avait fourni un dossier, des questions et des réponses, et c'était sur pièces qu'ils avaient établi leur opinion.

Cela le frappait pour la première fois. Il avait envie de mettre pour titre : « Du concret à l'abstrait. » Il écrirait un essai sur ce sujet et irait le porter à taper à Mme Stévenard.

La Chambre des Mises en Accusation avait transmis le dossier au Président de la Cour d'Appel, Henri Montoire, qui était un magistrat distingué et qui s'était contenté de le lui confier, à lui, Lhomond, qui jusqu'alors n'avait pas connu un traître mot de l'affaire.

Le quartier de la Boule d'Or, la rue Haute, les Lambert, les petits cafés et les bars, le salon de coiffure, la maison de Mme Vavin d'où on pouvait voir dans la chambre de Mariette, Gelino, le jeune Pape qui s'était engagé, la petite fille qui avait rencontré le couple, le cordonnier Baudelin, tout cela, — et d'autres personnages : Hélène Hardoin, Mme Bernet, la sage-femme de la rue du Chemin-de-Fer, — était sans vie, sans chair, réduit à l'état de pure abstraction.

Enfin, à l'extrême bout de la chaîne, ceux-là justement qui allaient décider en dernier ressort, les jurés, en savaient moins que quiconque et n'avaient même pas eu le dossier en main. Ils étaient assis à leur banc. On leur passait un soulier, des plans, des photographies plus ou moins répugnantes qu'ils s'efforçaient de regarder d'un air détaché. Des personnages défilaient, qu'ils ne connaissaient ni d'Eve ni d'Adam et qui racontaient leur petite histoire. Ils n'avaient pas le droit de poser des questions directes, devaient lever le doigt comme à l'école et passer par le truchement du Président.

Quel titre avait-il dit ? Du concret à...

Il avait conscience d'être en proie à la fièvre et

de se trouver déjà à moitié hors de la réalité. La preuve, c'est qu'à mesure que les noms lui venaient à la mémoire, les visages qui les accompagnaient étaient grossièrement déformés, comme les illustrations de Gustave Doré dans le Balzac qu'il avait en bas ou comme dans un tableau de Breughel.

Une autre preuve était qu'il se trouvait à la fois dans son lit, avenue Sully — cela, il le savait parfaitement — et au banc de la Cour, au Palais de Justice. Or, il est impossible à un homme d'être à deux endroits à la fois. Il est encore plus impossible à un Président d'Assises de juger son propre procès.

De quoi, d'ailleurs, l'aurait-on accusé. Il n'avait rien fait. Il n'avait même pas, quoi qu'on prétende, épousé Laurence pour son argent. C'était pratique qu'elle en possède, mais cela n'avait joué qu'un rôle secondaire, presque inconscient, dans sa décision. Il n'y pouvait rien s'il ne l'avait pas aimée et elle était aussi coupable que lui, puisqu'elle ne l'avait pas aimé non plus. Ils n'étaient coupables ni l'un ni l'autre. Ils étaient d'honnêtes gens, qui avaient fait de leur mieux. Lambert n'avait aucune raison de ricaner. Sans doute se figurait-il, comme Anna, que les gens qui habitent une grosse maison de l'avenue Sully n'ont pas les mêmes problèmes et les mêmes réactions que les autres ?

Il n'avait pas empoisonné Laurence et il était sûr que l'accusation allait tomber d'elle-même. Armemieux faisait son métier d'Avocat Général, mais ne devait pas être convaincu et, d'ailleurs, il lui avait adressé un clin d'œil, tout à l'heure, quand ils s'étaient trouvés côte à côte à l'urinoir. Le plus curieux, c'est que son père, qui était pourtant mort, se soit trouvé là aussi, mais cela s'expliquerait avec le reste. Tout finit par s'expliquer.

Ce qu'il s'agissait de prouver, c'est que sa femme elle-même avait mis les gouttes dans le verre d'eau, cinquante-deux gouttes, affirmait le docteur Lazarre qui avait procédé à l'analyse des viscères.

Lhomond n'avait jamais versé plus de douze gouttes et prenait la précaution, pour rassurer Laurence, de les compter à voix haute. Elle était capable de se méfier de lui. Elle se méfiait de tout le monde. Pourquoi ne se méfierait-on pas des gens puisqu'il est impossible de savoir ce qu'ils pensent ?

La vérité, — Jouve le démontrerait dans sa plaidoirie, s'il en avait le talent, — c'est qu'elle avait honte, qu'elle refusait de se l'avouer, que, toute sa vie, elle refuserait de se l'avouer.

Peut-être que Mariette Lambert avait honte aussi ? Non ! En tout cas, pas le même genre de honte... Mariette, elle, ne supportait pas l'idée qu'elle n'était qu'une petite serveuse de restaurant qui n'intéressait personne.

Il était sûr d'être lucide. Il remontait la pente. C'était pénible, et de grosses gouttes lui giclaient du front. Il lui semblait déjà qu'il entendait crépiter les bûches, ce qui indiquait que sa chambre n'était pas loin.

Elle s'était mise à coucher avec tous les hommes. Mariette, pas sa femme. Pour se donner de l'importance à ses propres yeux. Et elle devait se dire qu'elle les affolait les uns après les autres. Ce n'était pas ça ? Alors, pourquoi le rappeler à l'ordre ? Il n'avait rien dit que la procédure ne lui permît de dire. Il n'accusait personne. Elle avait trouvé un homme qui l'aimait et qui souffrait qu'elle ne fût qu'une petite roulure. Alors, pour qu'il souffre davantage et qu'il la batte...

Armemieux haussait les épaules dans sa robe rouge.

Comme son père, il considérait qu'on perdait son temps
à essayer de comprendre ces gens-là. Qui est-ce qui
disait, englobant d'un mot un bon tiers, sinon plus,
de la population :

— De la canaille !

Comment Armemieux expliquait-il, lui, le cas de Laurence ? Etait-ce si différent ? Croyait-il, oui ou non,
qu'elle était capable de s'empoisonner pour qu'on
accuse son mari et que cela fournisse la matière à un
grand procès ? Et pour que, une fois morte, tout ce
qu'elle avait si bien caché pendant sa vie monte à la
surface ?

Il haletait, sa respiration était sifflante. Il s'en
rendait compte, ce qui était encore un signe. Il avait
trop chaud, mais Joseph n'était pas là pour ouvrir la
fenêtre.

Pape le regardait d'un air gêné, comme s'il avait
envie de lui présenter des excuses. Ce n'était pas Pape.
Il n'était pas en uniforme de soldat, mais portait
une robe noire d'avocat. Les autres ne l'avaient pas
encore reconnu. Lhomond, lui, depuis le début, avait
su qui il était.

Maintenant, on distinguait ses petites moustaches
brunes et, quand il agitait les bras, la chevalière en
or qu'il portait à la main gauche. Il n'était pas blond
comme Joseph Pape, mais aussi brun de poil que
Lambert.

Au fait, personne n'avait jamais remarqué qu'il
ressemblait quelque peu à Lambert. C'étaient tous les
deux des jeunes fauves aux dents blanches qui mor-
dillaient en jouant et donnaient de grands coups de
pattes.

Il s'appelait Justin, Justin Larminat, et c'était le fils
de son bon ami Larminat, avec qui il avait partagé

une chambre, jadis, au Quartier Latin et qui avait été nommé à Oran.

« Mon cher Xavier,

« Mon fils Justin, qui vient de terminer son Droit... »

Il possédait encore la lettre. Il la ferait passer aux jurés. Plus qu'un léger effort et il n'y aurait plus de jurés. Déjà, il savait que c'était faux qu'il soit au tribunal. Laurence n'était pas morte. Elle se trouvait dans sa chambre, à côté, et peut-être essayait-elle d'entendre sa respiration comme il lui arrivait souvent d'épier la sienne.

Il avait soif. Dès qu'il aurait bu un verre d'eau, son cauchemar disparaîtrait tout à fait et il pourrait penser tranquillement à ces choses-là, qu'il s'était toujours promis de mettre au point. Le moment était mal choisi. Il avait déjà assez de souci avec sa grippe et avec le procès Lambert, mais il ne le faisait pas exprès.

— Tu dors ?

Laurence lui parlait, de son lit. Il avait dû remuer, faire du bruit. Il faillit ne pas répondre, pour avoir la paix, mais elle avait de telles antennes qu'elle devinait tout de suite quand il trichait.

— Non. Je viens de m'éveiller.

Il revenait de loin, regardait avec reconnaissance les bûches du foyer dont il respirait la bonne odeur.

— Tu n'as besoin de rien ? continuait-elle.

Elle ne se serait pas levée, mais aurait sonné Léopoldine.

— Non. Et toi ?

— Non plus. Je t'entendais respirer difficilement.

— Tu veux que je me lève ?

— Ce n'est pas la peine. Essaie de dormir.

— Tu n'as pas encore dormi ?

— Il n'est que dix heures. Je lis.

— Bonsoir.

— Bonsoir.

C'était important qu'elle ne sente pas sa pitié, car c'est alors qu'elle souffrirait et deviendrait capable de n'importe quoi. Elle devait penser qu'il était torturé et cela la consolait, donnait un sens à sa vie.

La lettre de Larminat n'existait pas seulement dans son rêve et il l'avait réellement conservée, comme il conservait presque toutes les lettres d'amis. Il était Procureur à Oran. Son fils était en âge de faire son stage et n'aimait pas l'Afrique du Nord.

« Je ne te demande pas de le pistonner, car je ne crois pas au piston, mais seulement, de temps en temps, de lui faire une petite place à ta table, afin qu'il se sente moins dépaysé. Il a été gâté par sa mère. C'est un garçon sensible, un peu trop pour mon goût, qui, dans les premiers temps... »

Peut-être que, s'il en finissait avec ces pensées-là avant de se rendormir, elles risqueraient moins de lui revenir sous forme de cauchemar ?

Est-ce que tous les pères se trompent sur le compte de leur fils ? Le sien s'était-il trompé sur lui ? Justin Larminat était à peu près aussi sensible qu'un caïman, dont il avait les dents pointues. C'était un beau garçon, aux yeux chauds et câlins, et la bonne qu'ils avaient à cette époque avait soupiré :

— Si ce n'est pas malheureux que ce soit un homme qui ait des yeux comme ça !

Il avait dû faire l'amour avec elle entre deux portes.

Lhomond ne lui en gardait pas rancune. Après quelques mois, il s'était rendu compte que Justin avait fait l'amour avec la plupart des filles qu'il avait approchées, que ce fussent les dactylos du Palais ou les demoiselles qu'il fréquentait dans le monde.

Sa façon de regarder les femmes était à la fois cynique et tendre et il subsistait chez lui quelque chose d'enfantin qui, alors même qu'elles avaient l'intention de se fâcher, les désarmait.

Il était venu dîner avenue Sully, chaque semaine d'abord, puis deux fois la semaine, le mardi et le vendredi, et Lhomond ne s'était aperçu de rien, pas plus que, les années précédentes, il ne s'était rendu compte que Laurence devenait tout doucement une femme mûre.

Elle avait alors quarante-huit ans. Elle n'avait jamais eu d'éclat et, en vieillissant, elle se ternissait davantage, prenant une sorte de patine. Elle ne se déformait pas, comme certaines de ses amies, ne grossissait ni ne maigrissait, mais elle devenait plus dure et de plus en plus insexuée.

Il était si habitué à la voir que les changements qui survenaient en elle ne le frappaient pas. Il fallut des mois pour qu'il se rendît compte qu'elle était à nouveau coquette et que son visage acquérait un certain moelleux qu'il ne possédait pas à vingt-neuf ans.

Naïvement, il s'en félicitait, alors que déjà, sans doute, toute la ville était au courant. Un soir, il en avait parlé à Frissart, en suivant des yeux Laurence qui dansait avec Justin.

— On dirait que ma femme rajeunit !

Il ne lui tenait pas rancune de cela non plus, ni d'avoir fait de lui la risée de leurs amis. Il ne lui en voulait de rien, en vérité.

Elle avait vécu, pendant quelques mois, un fol amour. Lui n'en avait pas connu. Il avait failli, un après-midi, tenir Lucienne Girard dans ses bras, mais elle était occupée ce jour-là et il avait passé son désir sur la jeune fille anémique. Maintenant, il avait Mme Stévenard, tous les vendredis.

Ce n'était pas lui qui était à plaindre, c'était Laurence. Elle était devenue femme à un âge où les autres renoncent à l'être. Et, tout à coup, par le journal, elle avait appris que Justin épousait Dominique Dupré, des Grands Magasins Dupré Frères, qui avait dix-huit ans et qui était la plus riche héritière de la ville.

Justin n'avait pas eu le courage de lui annoncer la nouvelle. Du jour au lendemain, on avait cessé de le voir et un soir, en revenant du Palais, Lhomond avait trouvé le docteur Chouard et deux infirmières dans la chambre de sa femme.

Jusqu'alors, il n'avait rien soupçonné. Même après, il n'avait pas cherché à connaître les détails. Laurence avait tenté de s'empoisonner au véronal et ce n'était pas une feinte. Si Léopoldine n'était pas montée, par miracle, et n'avait poussé la porte de la chambre à coucher où elle croyait entendre un râle, tous les soins auraient été inutiles.

Quand, au cours de la nuit, elle était revenue à elle, elle avait refusé de le voir. Pendant trois jours, le docteur et la garde avaient été seuls admis dans sa chambre. C'était encore leur chambre commune et c'est à ce moment que Lhomond avait adopté pour lui-même la chambre d'amis.

Le jour où elle lui avait fait dire qu'il pouvait venir la voir, c'était presque une vieille femme qui avait murmuré :

— Je reviens de loin, Xavier. Fais tout ce que tu voudras, mais ne me pose pas de questions.

Ce fut, en cinq ans, la seule allusion à ce qui s'était passé. Le nom de Justin ne fut jamais prononcé. Aucun de leurs anciens amis ne fut amis à la revoir et elle fit enlever de sa chambre le téléphone, qu'on installa dans la chambre voisine.

C'était tout. Larminat vivait à Paris, heureux sans doute autant que des humains peuvent l'être. Laurence n'avait plus quitté sa chambre et, dans son esprit, elle consacrait peut-être le reste de sa vie à expier ?

Ou à le punir, lui, son mari ! Il se rendait compte que des gens comme Frissart, comme Delanne ou comme Armemieux ne comprendraient pas ce qu'il voulait dire, mais il était sûr que Lucienne Girard, par exemple, comprendrait.

C'était lui que sa femme rendait responsable de ce qui était arrivé, non seulement de son chagrin, de sa déception, mais de l'humiliation qu'elle avait subie.

Ne lui en voulait-elle pas encore plus de savoir, d'être capable de la voir chaque jour sans lui adresser le moindre reproche, sans montrer ni douleur ni dépit ?

Il y avait souvent pensé, avait cherché honnêtement toutes les solutions possibles. Il avait fini par se dire que, peut-être, un jour, quand ils seraient très vieux tous les deux, ils se regarderaient tout à coup en éclatant de rire.

S'il ne l'avait jamais aimée, c'était néanmoins l'être qu'il avait été le plus près d'aimer, non d'amour, mais d'une affection fraternelle.

Ce n'était pas vrai. Il se mentait une fois de plus et cela, elle le sentait avant même qu'il s'en aperçût. Le sentiment qu'il éprouvait pour elle était cette sorte de gêne qu'on éprouve devant un animal qui souffre au bord du trottoir et qu'on est impuissant à aider, qu'on ne peut même pas soulager avec des mots qu'il ne comprendrait pas.

Voilà ce qu'il y avait de tragique ! Il n'existait rien de commun entre eux, aucun lien, sinon d'avoir vécu pendant vingt-quatre ans ensemble dans cette grande maison qui n'avait jamais été un foyer.

Elle ne le lui pardonnerait jamais et elle l'en haïssait.

Par discrétion, il n'avait pas questionné Chouard plus avant, mais la façon dont le docteur la traitait indiquait qu'il ne la croyait pas en danger. Elle gardait la chambre pour ne pas reparaître à la face de la ville qui savait. Elle n'en avait pas moins peur de la solitude et il lui restait son mari.

Elle ne pouvait l'empêcher de se rendre au Palais. Pour être sûre qu'il soit toujours là, le soir et la nuit, elle avait inventé ses crises et la sonnette d'argent.

— *Avec l'existence que sa femme lui fait mener...*

Armemieux avait traduit la pensée de tous leurs amis. On aurait compris qu'il se mette à boire. On aurait compris qu'il fasse n'importe quoi pour échapper à l'atmosphère étouffante que sa femme maintenait autour de lui.

N'aurait-on pas compris aussi qu'un beau jour, à bout de patience, il la tue ?

Cela, il ne fallait à aucun prix que Laurence y pense. Il croyait voir le pâle sourire qui se dessinerait sur ses lèvres à mesure que certaine idée prendrait corps dans son esprit.

Elle n'avait pas fait attention, la veille, à la bouteille brisée. L'idée ne lui était pas venue que Fontane s'étonnerait qu'on fasse renouveler une ordonnance après deux jours et elle ignorait la rencontre de son

mari avec Frissart sur le seuil de chez Armando. Elle
ne savait pas non plus qu'il avait bu un verre d'alcool
à neuf heures du matin et qu'un certain nombre de
gens, au Palais, avaient senti son haleine.

Ce qui effrayait Lhomond, c'est que le procès Lambert, dont elle lisait le compte rendu dans le journal,
risque d'orienter son esprit dans une direction dangereuse. On parlait trop de Mariette. On avait beau la
traiter avec dureté, elle n'en acquérait pas moins,
morte, un prestige que, vivante, elle aurait voulu
obtenir à tout prix. Et un homme, Lambert, celui qui
l'aimait et qui la battait dans ses crises de rage jalouse,
allait être condamné à cause d'elle.

Les yeux ouverts, il se sentait presque calme. Sa
respiration était devenue régulière, ce qui dut faire
croire à sa femme qu'il s'était rendormi. Cela n'allait-il
pas l'inciter à agiter sa sonnette ?

Il l'appréhendait et le souhaitait tout ensemble. Il
lui semblait que, si elle le faisait, cela lui donnerait
raison en prouvant qu'elle ne pouvait pas supporter
sa quiétude. Il fallait qu'il continue à paraître assoupi.
Il regardait le plafond, s'efforçant de ne pas s'endormir pour de bon.

Afin de se tenir éveillé, il tâta son pouls, qui lui
parut plus lent et plus régulier qu'au début de la
soirée, mais il ne put contrôler car, dans la pose où
il se trouvait, il voyait le réveil de travers et il n'osait
pas bouger.

Etait-elle éveillée, elle aussi, et, comme lui, guettait-
elle ?

Il faillit bondir au moment où le tintement se fit
entendre, joua la comédie jusqu'au bout, attendit un
temps suffisant avant de grommeler d'une voix en-
gourdie :

— Qu'est-ce que c'est ?

Puis, en homme qui reprend ses sens, il se leva, passa une robe de chambre et se dirigea vers la pièce voisine.

Elle se tenait dans sa pose habituelle, une main sur le côté gauche de la poitrine, la bouche entrouverte comme si elle manquait d'air. D'un doigt maigre, elle désignait la bouteille de potion et il versa un peu d'eau dans le verre, pencha la bouteille munie d'un compte-gouttes.

Il compta à mi-voix :

— Un... deux... trois...

Il savait qu'elle épiait ses mains.

— ... Neuf... dix... onze... douze...

Ce fut plus fort que lui. Il répéta, comme s'il se défendait d'une accusation :

— Douze !

Et, au regard qu'elle faisait peser sur lui, il eut l'impression qu'elle avait compris.

CHAPITRE VI

LE TEMOIGNAGE DE LA SAGE-FEMME

IL EUT ENCORE DEUX ou trois cauchemars cette nuit-là. Dans l'un d'eux, où il n'avait que douze ans, il tombait d'un pommier et il reconnut la ferme où son père l'envoyait chaque année passer ses vacances. Il s'éveilla à l'instant où il descendait dans le vide, persuadé qu'il venait de pousser un cri déchirant, mais il eut beau tendre l'oreille, il n'entendit aucun bruit dans la chambre de sa femme. Elle dormait. Sans doute avait-il ouvert la bouche à vide, comme un poisson ? Le réveil marquait deux heures vingt et il s'assoupit pour ouvrir à nouveau les yeux à cinq heures.

Lorsque Anna lui apporta son café, après avoir fermé la porte de communication, il était las, un certain vide dans tout le corps, mais il se sentait nettoyé, l'esprit alerte, et, parce qu'il avait beaucoup transpiré, ses traits étaient plus dessinés, sa peau plus claire que d'habitude.

Il ne passa pas chez Laurence, ne mangea pas, par crainte de se barbouiller à nouveau, se contenta d'un verre de lait et se dirigea vers la maison blanche du docteur Chouard. Il gelait. Sa respiration formait un petit nuage devant lui et les pavés semblaient plus durs et plus sonores.

Chouard avait donné des instructions à sa bonne car, au lieu de l'introduire dans la salle d'attente, où une dizaine de patients étaient rangés le long des murs, elle le fit passer par un couloir de service jusqu'à une pièce de débarras d'où il entendait ce qui se disait dans le cabinet de consultation.

— Vous me jurez, docteur, que ce n'est pas contagieux ?

— Soyez sans aucune inquiétude, Madame. Si vous suivez mes avis, dans huit jours il n'y paraîtra plus.

— Combien vous dois-je ?

Il s'efforça, par discrétion, de ne pas entendre le prix cité par le docteur. Le son de billets froissés, celui d'un sac à main qu'on refermait, lui parvinrent. Il ne vit pas la patiente que Chouard fit sortir par une autre porte, mais il croyait avoir reconnu la voix de Mme Frissart.

— Comment avez-vous passé la nuit ? lui demandait le docteur en l'accueillant dans son cabinet.

— Mal. Maintenant, je me sens mieux.

On lui mit le thermomètre dans la bouche et on lui tâta le pouls.

— J'ai encore de la fièvre ?

— Vous êtes en dessus de la normale. Y a-t-il des chances que vous en finissiez ce soir avec le procès Lambert ?

— Ce n'est pas impossible, mais ce n'est pas sûr.

— Dans ce cas, je préfère vous faire une seconde piqûre. La cuisse droite, aujourd'hui.

Sous le péristyle du Palais, il reconnut des visages pour les avoir observés la veille dans la salle, mais il n'aperçut pas Lucienne Girard. C'étaient surtout des hommes qui faisaient les cent pas afin de fumer leur cigarette jusqu'à la dernière minute.

Ses deux assesseurs, dans la Salle du Conseil, étaient déjà en robe et Armemieux passait la sienne tout en conversant avec Henri Montoire, le Président de la Cour d'Appel. Montoire, en veston, se comportait comme un homme en visite, mais Lhomond n'en comprit pas moins que c'était pour lui qu'il était là, rougit comme si on l'avait pris en faute.

— Et ce rhume ? lui lança Montoire d'un ton léger, avec un coup d'œil inquisiteur.

— Je me sens beaucoup mieux ce matin. J'ai transpiré toute la nuit.

On avait dû lui dire que, la veille, Lhomond ne s'était pas comporté comme à l'ordinaire. Qui s'était chargé de lui en parler ? Armemieux, qui était un de ses familiers ? Frissart, qui essayait toujours, peut-être sous l'impulsion de sa femme, de se pousser en avant ?

— Ménagez-vous, mon cher. Ce n'est pas le moment de tomber malade. Comment l'affaire se présente-t-elle ?

— Bien...

Cela lui rappelait la visite annuelle de l'inspecteur, à l'école. Il espérait que Montoire n'allait pas, comme cela lui arrivait de loin en loin, s'asseoir derrière les jurés.

Pourquoi lui venait-il une mentalité de coupable ? Il passa sa toge, arrangea son dossier, regarda l'heure et, quelques minutes plus tard, Joseph ouvrit la porte toute grande et prononça, face à la salle, le solennel :

— La Cour !

Il remarqua aussitôt que Lambert, au lieu de la cravate unie de la veille, portait un nœud papillon à pois blancs qui lui donnait un air guilleret et il se demanda si c'était à l'intention de Lucienne Girard. Il était de nouveau rasé de près, les cheveux encore humides.

Lucienne Girard n'arriva qu'un quart d'heure plus tard et le vieux monsieur qui occupait la même place que la veille lui avait gardé la sienne. Mme Falk portait un chapeau orné d'une voilette qui lui couvrait la moitié du visage. Lourtie, l'agent d'assurances, avait les yeux noyés d'eau de quelqu'un qui a trop bu la veille et, durant la séance du matin, ne fut pas dans son assiette. Parfois, il paraissait manquer d'air et il lui arrivait de pâlir. Oscar Lamoureux, le Premier Juré, qui était marchand de meubles et avait fait partie du Conseil Municipal, demanda à poser une question dès que le commissaire Belet eut repris sa place à la barre. Il désirait savoir si on avait cherché et trouvé des traces de vin rouge dans les cheveux de la victime.

— Le témoin est prié de répondre à la question.

C'était à cause de la bouteille brisée.

— Le laboratoire s'en est occupé et n'a découvert aucune trace de ce genre. Tous les objets, dans la maison, qui auraient pu servir à commettre le crime, ont été examinés sans résultat tangible.

Le Premier Juré ne s'en tint pas là.

— Ne manquait-il rien dans la chambre ou dans une des autres pièces ?

La question était pertinente et il semblait que Belet eût pensé à tout.

— Dans un tiroir de la cuisine, un de mes inspecteurs a trouvé des tenailles, deux tournevis, une clef anglaise, une pince de plombier et une clef de bicyclette. Cela l'a surpris de ne pas y voir de marteau car, dans n'importe quelle maison, c'est l'outil le plus

courant. Questionné sur ce point l'accusé n'a fourni
que des réponses évasives. Selon lui, il y avait d'habitude un marteau dans le tiroir, mais il supposait
que, quelques jours plus tôt, sa femme l'avait prêté
à une voisine, il ignorait laquelle. Des recherches chez
les voisins n'ont donné aucun résultat.

Belet déposa encore pendant un quart d'heure environ et la salle commençait à se réchauffer ; le fond
de l'air restait froid. Plusieurs personnes se mouchè-
rent. Lhomond ne devait pas être le seul à avoir un
rhume ou la grippe.

Les témoins suivants ne firent que passer. Chacun
avait à déposer sur un point précis et ils avaient à
peine prêté serment qu'on les voyait quitter la barre
et traverser gravement la salle.

Alfred Mouveau, l'ami de Lambert, qui travaillait
au même garage que lui, était un roux au visage cri-
blé par la petite vérole. Sanzède, le patron du *Café
des Sports,* vêtu de gris sombre, chaussé de souliers
vernis qui craquaient, le ventre orné d'une grosse
chaîne de montre en or, avait l'assurance d'un poli-
ticien de quartier. Quant à Miquet, le serveur du *Fer
à cheval,* il appartenait au genre loustic et cherchait
à faire un numéro. On dut presque l'arracher à la
barre.

Cela ressemblait à un cirque. Chacun venait faire
son petit tour en s'efforçant de se rendre intéressant.
Des inconnus sortaient ainsi de la masse anonyme,
jouaient un rôle de quelques instants sur la scène
solennelle des Assises et replongeaient dans leur obscurité. Ils n'en auraient pas moins leur nom dans les
journaux.

Sébastien Piéri, du *Bar des Amis,* fit rire la salle
avec une plaisanterie que Lhomond n'entendit pas, car

il était occupé à feuilleter ses notes. Ce fut ensuite le tour d'Hortense Vavin, la voisine de chez qui « on voyait tout » et qui, elle aussi, amusa la foule.

Le témoin suivant n'en était pas un à proprement parler et ne pouvait prêter serment. C'était en effet une petite fille de douze ans qui habitait avec ses parents trois maisons plus loin que les Lambert. Son père était contremaître à la biscuiterie Pierjac. Pour l'amener à l'audience, sa mère, une forte femme d'une quarantaine d'années, avait cru devoir lui friser les cheveux comme pour une première communion.

— Vous vous appelez Jeanine Rieu et vous avez douze ans ?

Elle se révéla plus comédienne que les grandes personnes.

— Oui, Monsieur. J'ai eu douze ans le mois dernier.

— Vous savez pourquoi nous voulons vous questionner ?

— Oui, Monsieur.

Et, se tournant vers le banc des accusés, elle désigna Lambert du doigt.

— Qu'avez-vous vu le 19 mars dernier ?

— Je l'ai vu qui traversait la rue et entrait chez lui. Ma mère m'avait envoyée chercher du pain. Elle avait oublié que le lendemain était dimanche et n'en avait pas pris assez le matin. Je sais qu'il était huit heures car, chez le boulanger, en attendant mon tour, j'ai regardé l'horloge.

— Vous n'avez vu personne sortir de la maison des Lambert ?

— Non, Monsieur. Mais j'ai eu peur quand j'ai entendu éclater la bouteille.

— Quand cela s'est-il produit ?

— Tout de suite après qu'il est entré.

— Vous n'avez pas perçu de cris, ou de bruits de voix, avant ou après ?

— Non, Monsieur.

La mère, sous la foi du serment, confirma qu'il était huit heures quand sa fille était rentrée de la boulangerie.

Lhomond n'avait plus de fièvre. Froid et lucide, il les regardait passer avec une certaine impatience, comme si ce défilé qu'on s'efforçait de rendre cérémonieux et digne lui paraissait plutôt grotesque.

Baudelin, le cordonnier, qui succédait à la gamine, avait eu une joue fendue par un accident et son visage en restait de travers, on aurait dit que sa bouche s'étirait jusqu'à son oreille. Il habitait la rue du Pot-de-Fer, où il avait son échoppe, et il y travaillait encore ce soir-là à sept heures et demie, affirmait-il, quand il avait vu passer Mariette Lambert au bras d'un homme.

— Vous la connaissiez bien ?

— C'est moi qui réparais ses souliers.

— Vous pouvez dire aux jurés comment elle était habillée ?

— Elle avait sa robe rouge et son manteau vert.

— Vous avez reconnu l'homme qui l'accompagnait ?

— Je l'ai reconnu sur la photographie que ces messieurs de la police m'ont fait voir.

— Ils ne vous ont montré qu'une seule photo ?

— Il y en avait une vingtaine, de personnes différentes, mais j'ai tout de suite désigné la bonne.

— Il s'agit du nommé Gelino ?

— C'est comme ça qu'on m'a dit qu'il s'appelle.

— Vous n'avez rien remarqué de particulier ?

— Ils se disputaient.

— Vous avez déclaré, voilà un instant, qu'elle lui tenait le bras.

— Cela n'empêche rien. Elle lui tenait le bras comme à un amoureux, mais ils se disputaient quand même.

— C'était en mars et la température était fraîche. Je suppose que la porte de votre échoppe était fermée ?

— Elle était ouverte, car l'échoppe n'est pas plus grande que ça — il traçait un rectangle dans l'espace — et, à cause du poêle, j'étoufferais si je fermais la porte.

— Qu'avez-vous entendu ?

— Mariette lui a dit :

« — Je ne suis tout de même pas si poire ! Ne compte pas sur moi ! »

— C'est tout ce que vous avez entendu ?

— Je n'ai pas fait attention au reste. Ils marchaient.

— Dans quelle direction ?

— Vers le centre de la ville, c'est-à-dire dans la direction contraire au chemin de fer.

— La rue du Pot-de-Fer et la rue Haute étant parallèles, n'auraient-ils pas coupé au court en suivant la rue Haute ?

— C'était leur affaire. Je n'allais pas sortir pour leur en parler.

— Vous aviez bu ?

— Juste mes deux litres de rouge, comme tous les jours. C'est le docteur qui m'a conseillé...

Lambert, qui avait l'air absent pendant les dernières dépositions et qui s'était accoudé à son banc, se redressa quand il vit entrer Louise Bernet, une petite femme d'une cinquantaine d'années, au corps musclé, à l'allure décidée.

— Vos nom, prénoms, qualité...

— Louise Bernet, sage-femme, 62, rue du Chemin-de-Fer.

— Tournez-vous vers les jurés et dites-leur ce que vous savez des faits relatifs à la cause.

— J'habite un appartement, rue du Chemin-de-Fer, au deuxième étage, entre la rue Haute et la rue du Pot-de-Fer, et je suis une des rares personnes de la rue à avoir un balcon. Le samedi 19 mars, j'ai été retardée par un accouchement en ville et ne suis rentrée chez moi que passé dix heures et demie du soir. Dans notre métier, il faut s'habituer à travailler à toutes les heures du jour et de la nuit.

Il y eut un certain mouvement au fond de la salle. Lhomond, de loin, vit le sergent de ville en faction discuter avec une femme qui ne portait pas de chapeau, se dit que, pour une raison ou pour une autre, le policier l'empêchait d'entrer, et n'y attacha pas d'importance.

— Continuez. Vous êtes rentrée chez vous un peu après dix heures et demie.

— Oui, Monsieur le Président. J'avais quitté la maison à midi, de sorte que mon pauvre chat n'avait pas dîné. Je suis allée dans la cuisine pour lui préparer sa pâtée. Pendant qu'elle cuisait, je lui parlais, car il comprend tout ce que je dis aussi bien qu'une personne. On a tort de croire que les animaux...

— Tenez-vous-en aux faits.

— Bien ! Cela m'a pris une dizaine de minutes, car j'ai retiré mon chapeau, mon manteau, que je suis allée ranger, et j'ai dû laver l'assiette du chat qui était sale de midi. J'ai alors ouvert la porte du balcon, où je donne toujours à manger au chat parce qu'ainsi il ne fait pas de saletés à l'intérieur. Pendant qu'il man-

geait, je suis retournée dans la cuisine mettre de l'ordre. Tout cela a pris un certain temps. Enfin, je suis
revenue sur le balcon pour voir si le chat avait fini
de manger et avait fait ses besoins et c'est alors que
j'ai aperçu un homme qui descendait l'escalier du
chemin de fer.

— Il était environ onze heures moins le quart ?

— Plus près d'onze heures, si vous voulez mon avis.

— L'homme était seul ?

— Oui, Monsieur le Président.

— Il se servait d'une lampe électrique ?

— Non. Je n'ai pas vu de lumière.

— Existe-t-il un bec de gaz à proximité de l'escalier ?

— Il y en a un à une trentaine de mètres. Je me
suis d'abord dit que c'était quelqu'un qui avait coupé
au court en venant des Genettes.

— Cela arrive souvent ?

— Quelquefois. Moi-même, je suis passée par la
voie une fois qu'une cliente m'avait fait chercher et
que je risquais d'arriver trop tard.

Son teint était gris, son regard sans chaleur. Lhomond qui, dès le premier contact, l'avait prise en
grippe, le faisait exprès de lui poser les questions
dans un autre ordre que Cadoux afin qu'elle ne puisse
pas réciter le monologue qu'elle avait préparé. Sa déposition était la plus grave de toutes, si grave qu'à
elle seule elle était suffisante pour faire condamner
Lambert.

— Continuez. Vous avez vu un homme qui descendait l'escalier.

Il fut distrait une fois encore par un mouvement
anormal dans la salle. Le sergent de ville, hésitant,
s'était avancé jusqu'à peu près le milieu de l'allée

centrale et Joseph, à qui il avait dû adresser un signe,
marchait à sa rencontre. Il sembla à Lhomond que
le policier lui remettait un papier ou une enveloppe
en lui parlant à voix basse et en lui désignant le
banc de la Cour.

— Je n'ai pas tout de suite été sûre de le reconnaître.

La distraction du Président l'agaçait et elle essaya
de voir, elle aussi, ce qui se passait derrière elle.

— Il y avait un clair de lune ?

— Je ne m'en souviens pas, Monsieur le Président. Je
sais que j'ai remarqué à ce moment-là que la silhouette
m'était familière. L'homme marchait vite, les mains
dans les poches.

— Portait-il un chapeau ?

— Je crois plutôt qu'il portait une casquette.

A Cadoux, elle avait d'abord parlé d'un chapeau,
puis d'une casquette.

— Vous êtes sûre que ce n'était pas un chapeau ?

Cadoux lui avait montré un chapeau gris perle que
Gelino portait ce soir-là ; Lambert, lui, était revenu de
son travail en casquette et le seul chapeau trouvé chez
lui était un chapeau marron.

— J'en suis sûre. Je sais ce que je dis. J'ai attendu
qu'il passe au pied du bec de gaz pour mieux le
voir.

— Pour quelle raison ? Je suppose que vous ignoriez, à ce moment-là, que vous auriez à témoigner ?

— Comment aurais-je pu le deviner ?

Armemieux, à son banc, montrait une certaine nervosité, car il ne s'était pas attendu à ce que Lhomond
adopte une attitude hostile à l'égard du témoin. Le
Président restait dans la limite de ses attributions et
on ne pouvait pas lui reprocher son manque d'impar-

tialité, mais son antipathie pour la sage-femme était
d'autant plus frappante qu'il s'était montré patient jusque-là.

— De votre balcon, je suppose que vous domi-
nez les voies ?

— Evidemment, puisque je suis plus haut.

— Ce soir-là, vous n'avez rien remarqué sur le remblai ou sur les rails ?

— Il faisait trop noir. La voie n'est pas éclairée à
cet endroit-là, mais seulement du côté de la cabine
d'aiguillage, beaucoup plus bas.

— Lorsque l'homme est arrivé près du bec de gaz,
vous l'avez formellement reconnu ?

— Oui, Monsieur le Président.

— Il suivait le trottoir opposé aux immeubles ?

Cadoux n'avait pas posé cette question-là et Armemieux prit une note sur un papier. Quant à Joseph,
qui évoluait sans bruit et comme sans déplacer d'air,
il était venu se placer derrière Lhomond vers qui il se
pencha en murmurant :

— C'est une lettre qu'une femme a recommandé de
vous remettre tout de suite.

— Celle qui a parlé au sergent de ville ?

— Oui.

— Où est-elle ?

— Elle est partie immédiatement.

L'enveloppe que lui tendait Joseph était de celles
que l'on vend à bon marché, par pochettes d'une demi-
douzaine, chez les épiciers de quartier. Elle ne portait
ni nom ni adresse et Lhomond, qui suivait son idée,
ne l'ouvrit pas sur-le-champ.

— Qui était l'homme que vous avez vu ?

Elle se tourna d'un bloc vers le banc des accusés,
comme si elle n'attendait que ce moment-là, étendit

le bras, un doigt pointé dans la direction de Dieudonné Lambert.

— C'est lui !

Il y eut une sensation dans la salle, comme le passage d'un courant électrique. Lambert lui-même marqua
le coup et passa la langue sur ses lèvres devenues
sèches.

— Vous êtes certaine de l'avoir reconnu ?

— Absolument. Même qu'il portait un complet gris
clair avec lequel je l'ai vu souvent dans la rue.

— Il marchait comme un homme ivre ?

— Pas du tout. Il marchait comme vous et moi.

— Où est-il allé après être passé sous le bec de
gaz ?

— Il a dû rentrer chez lui.

— Vous pouviez de votre balcon, rue du Chemin-
de-Fer, le voir rentrer dans sa maison, qui se trouve
rue Haute ?

— Bien sûr que non, vous le savez bien. Quand je
dis qu'il est rentré chez lui, c'est une supposition,
étant donné qu'il a disparu au coin de la rue.

— Le bec de gaz, avez-vous déclaré, se trouve à une
trentaine de mètres de l'escalier.

— C'est ce que j'ai dit, oui.

— A quelle distance du même escalier se situe le
coin de la rue Haute ?

— A peu près la même distance. Un mètre ou deux
de plus.

— Autrement dit, le bec de gaz se trouve, sur le
trottoir opposé, à peu près à hauteur du coin de la
rue ?

— A peu près.

— Une personne, surtout une personne pressée, descendant l'escalier du chemin de fer avec l'intention de

se rendre rue Haute, n'aurait-elle pas coupé au court en traversant la rue en diagonale plutôt que de marcher jusqu'au bec de gaz et de faire alors un angle droit ?

Faute de trouver une explication, elle répondit sèchement :

— Chacun agit comme il l'entend. Ce n'est pas à moi d'expliquer les choses.

Lhomond avait ouvert l'enveloppe et jeté un coup d'œil à la feuille de papier qu'elle contenait. Deux lignes étaient tracées au crayon, d'une écriture de primaire, avec une tache de graisse dans un coin de la feuille :

« *Demandez donc à la Bernet si elle n'est pas la tante du jeune Pape.* »

Armemieux, de son banc, l'observait. Lambert, lui, s'était penché pour parler avec une certaine animation à son avocat. Il semblait indigné et Jouve s'efforçait de le calmer.

— Vous êtes formelle, Madame Bernet, et vous ne perdez pas de vue que vous témoignez sous la foi du serment ?

— Je ne suis pas une menteuse. Si je dis que c'était lui, c'est que c'était lui.

— Vous n'aviez jamais entretenu de rapports avec Lambert ?

— Jamais. Je le connaissais de vue.

— Mais vous saviez son nom ?

— Comme on sait le nom des gens de son quartier.

— Vous n'avez jamais non plus parlé à Mariette Lambert ?

Elle hésita, fut sur le point de mentir, c'était visible, mais se ravisa au dernier moment.

— Elle est venue une fois sonner à ma porte.

— Pour quelle raison ?

— Vous devez vous en douter. Je lui ai répondu que je ne faisais pas ce métier-là.

Lambert avait admis que sa femme se livrait sur elle-même à des manœuvres abortives depuis qu'un étudiant en médecine lui avait montré comment s'y prendre. Il était possible qu'après un avortement plus pénible que les autres, l'idée lui soit venue de s'adresser à une sage-femme.

— Quand cette visite a-t-elle eu lieu ?

— Il y a environ deux ans. C'était en décembre, c'est tout ce que je me rappelle. Je ne l'ai même pas fait entrer.

Il la regarda un certain temps en silence, tandis que ses doigts jouaient avec le billet qu'il venait de recevoir. Il hésitait encore à se servir de l'information anonyme, se rendant compte que, si le renseignement était faux, la question qu'il avait sur les lèvres serait sévèrement jugée.

Tout le monde, dans la salle, devait sentir que ce silence-là préludait à un incident dramatique et les cous se tendaient.

— Le témoin veut-il dire aux jurés si un lien de parenté existe ou non entre elle et un témoin qui n'a pas encore comparu ?

Le coup avait porté. Le visage de Mme Bernet s'était figé et elle avait serré les mâchoires. On aurait pu croire qu'elle allait donner libre cours à sa colère, agonir le Président d'injures, mais elle eut la force de se contenir.

— Je ne vois pas ce que cela vient faire ici ni ce que cela change.

— Je prie le témoin de répondre à la question.

— Oui.

— De qui êtes-vous la parente ?

— De Joseph Pape.

— A quel degré ?

— Je suis sa tante. Sa mère et moi sommes sœurs.

— Vous êtes en bons termes avec elle ?

— Il n'y a aucune raison pour que nous soyons en mauvais termes.

— Avez-vous eu un entretien, avec votre sœur, en présence ou non de votre neveu, avant de vous rendre à la Police Judiciaire, le 24 mars dernier, et d'y raconter ce que vous venez de répéter ?

Lambert regardait le juge avec surprise, comme s'il n'en croyait pas ses oreilles, et Armemieux jouait nerveusement avec son porte-mine en or. Dans la salle, Lucienne Girard jubilait et Lhomond eut même l'impression qu'elle le remerciait du regard. Mme Falk, devenue plus attentive, examinait la sage-femme avec une attention soutenue.

— Je crois bien que je l'ai vue, oui. Je ne me rappelle pas si c'était avant ou après.

— Les journaux ont relaté la découverte du cadavre le 21 mars dans leur édition du matin, car le 20 était un dimanche. Sans doute n'avez-vous pas eu à attendre leur parution pour être au courant de ce qui s'était passé sous vos fenêtres. Pendant près de deux heures, le dimanche matin, il y a eu des allées et venues sur la voie. Vous vous levez de bonne heure, Madame Bernet ?

— A sept heures, laissa-t-elle tomber.

— Votre premier soin est probablement d'ouvrir vos rideaux. Peut-être ouvrez-vous la porte du balcon à votre chat ?

Elle était blanche de rage. Quant à Delanne, un vague sourire flottait sur ses lèvres, comme si l'attitude

inattendue de son Président le ravissait, tandis que
Frissart fronçait les sourcils et faisait signe à sa femme
qu'il n'était au courant de rien.

— Vous avez donc vu la police, le Parquet, les photographes, le rassemblement qui n'a pas tardé à se
former. D'après le rapport, vos voisins se sont interpel-
lés de fenêtre à fenêtre.

— Et après ?

— Vous vous êtes rendu compte de ce qui était
arrivé et vous avez fait un rapprochement avec ce que
vous aviez vu la veille. Peut-être avez-vous reconnu
le manteau vert et la robe rouge de Mariette Lambert, qui semblaient être connus du quartier ?

Elle se taisait, du défi dans le regard.

— L'idée ne vous est-elle pas venue, le 20 mars,
puis le 21, le 22 et le 23, que votre témoignage
présentait un intérêt capital pour la police et pour le
juge d'instruction ?

— J'ai eu des accouchements à faire. Je ne suis pas
rentière et n'aime pas me mêler de ce qui ne me re-
garde pas.

Il fallut trois ou quatre minutes à Lhomond pour
retrouver, dans le dossier, le renseignement dont il
avait besoin et, pendant ce temps-là, la salle en pro-
fita pour se détendre, on entendit des toux, des chu-
chotements, des bruits de semelles sur le plancher.

— Je lis ici que c'est le 23 mars que, pour la première fois, votre neveu Joseph Pape dont, jusque-là, on
ignorait les rapports avec Mariette Lambert, a été interrogé par la police. Or, le 24, c'est-à-dire le lendemain, vous vous êtes présentée au bureau du commissaire Belet en demandant à lui parler en personne.

— Je ne m'adresse jamais à des sous-ordres.

— J'insiste sur les deux dates.

— Je n'y peux rien si c'est une coïncidence.

— Vous avez vu votre sœur le 23 ? Vous êtes allée chez elle ?

— Je ne me rappelle plus. Peut-être est-elle venue me voir ce jour-là. Je n'inscris pas dans un agenda les visites que je lui fais et qu'elle me rend.

Elle devait s'attendre à ce que la bataille fût encore longue, car elle perdit contenance quand Lhomond coupa net :

— Le témoin peut se retirer. A moins que...

Il voyait Mme Falk lui adresser un signe. Elle se leva, se tourna vers la salle avant de prendre la parole.

— J'aimerais savoir si, au cas où on lui promettrait l'impunité, le témoin maintiendrait son témoignage. Je veux dire...

— Si je comprends bien, vous demandez au témoin si, avec l'assurance qu'elle ne serait pas poursuivie pour faux témoignage, elle s'en tiendrait à sa déposition ?

— C'est cela, Monsieur le Président.

Il eut à peine le temps de se tourner vers la sage-femme qui répondait déjà, avec un regard de haine pour Mme Falk :

— Je ne retire rien de ce que j'ai dit et ce n'est pas ma faute s'il y en a que cela n'arrange pas. J'ai vu ce que j'ai vu. Si même on me mettait en prison...

Lhomond fit signe à l'huissier de l'emmener et, en suivant l'allée centrale dans la direction de la sortie, elle interpellait les spectateurs. A la porte, elle se retourna une dernière fois, grommelant des paroles qui ne parvinrent pas jusqu'à la Cour.

— L'audience est suspendue pour dix minutes.

Lhomond était satisfait. Il ne savait pas au juste pourquoi son duel avec l'accoucheuse le soulageait, mais il se sentait un poids de moins sur l'estomac. Ses cauchemars étaient loin. Il prévoyait qu'on allait discuter son attitude et qu'on la jugerait différemment, certains avec sévérité. Sans se départir d'une façon flagrante de l'impartialité de sa charge, il n'en avait pas moins laissé percer ses sentiments, tout au moins à l'égard du dernier témoin.

Est-ce qu'Armemieux, qui allait devoir changer en partie son réquisitoire, lui en gardait rancune ? Si oui, il était beau joueur car, une fois dans la Salle du Conseil, il lui lança :

— Vous n'avez pas mis de temps à démolir son témoignage. En voilà une qui ne vous pardonnera jamais.

Après un silence l'Avocat Général questionna :

— Comment avez-vous eu l'information ?

— Tout bêtement par un billet anonyme. La police a pensé à tout, mais rien ne pouvait laisser soupçonner qu'un lien de parenté existait entre deux des témoins les plus importants.

— Elle maintient son accusation.

— Elle ne peut pas revenir en arrière. Je suis persuadé qu'elle a réellement vu un homme descendre l'escalier. Il est probable qu'elle a pensé à Lambert, sans en être sûre, car, si l'homme a disparu dans la rue Haute, il est peu vraisemblable qu'il ait marché jusqu'au bec de gaz pour traverser ensuite la chaussée à angle droit. A plus forte raison s'il venait de tuer sa femme et d'aller porter son corps sur la voie ! Quand la Bernet a appris que son neveu était un des amants de Mariette et risquait d'être impliqué, elle a promis à sa sœur de le tirer d'affaire.

Joseph Pape n'était pas le témoin suivant, car on

devait, avant lui, entendre Hélène Hardoin et Gelino.
Mme Pape se trouvait-elle dans la salle ? C'était probable, mais Lhomond ne la connaissait pas et il y
avait des chances pour qu'elle se tienne discrètement
dans le fond.

Le commissaire Belet, un peu avant la reprise des
débats, lui fit demander s'il pouvait le voir un instant
et Lhomond, pressé par le temps, lui parla, debout
dans le couloir.

— Excusez-moi de n'avoir pas découvert ça, Monsieur le Président. J'en suis navré, croyez-moi. J'étais
dans la salle, tout à l'heure, quand le sergent de ville
a remis un billet à l'huissier. Je l'ai questionné presque tout de suite et il m'a fourni une description de
la femme qui lui a remis l'enveloppe en lui recom-
mandant de vous la porter immédiatement... C'est une
femme du peuple, d'un certain âge.

— Vous l'avez retrouvée ?

— Je n'ai pas encore ordonné de recherches. Je vou-
lais vous en parler d'abord.

Lhomond se devait de dire oui, sinon on croirait
qu'il s'efforçait de cacher une partie de la vérité, ou
de couvrir quelqu'un.

C'était agréable de ne plus se sentir abattu. Il se produisait en lui une réaction contre son écrasement de la
veille. Il restait faible, courbatu, mais il éprouvait un
besoin presque fébrile d'action.

Hélène Hardoin, qu'on introduisait la première, avait
dix-neuf ans et était vendeuse dans un magasin à prix
uniques. Ses parents habitaient la campagne où son
père était journalier. Elle vivait en ville avec une amie
du même village qui travaillait pour une couturière.
Elle n'avait pas eu le temps de perdre sa fraîcheur
et son visage rond faisait penser à une pomme. Une

dent qui lui manquait, sur le devant, gâchait son sourire
qui, autrement, aurait été savoureux de naïveté.

— Tournez-vous vers les jurés et dites-leur...

C'est en vain qu'elle chercha par où commencer et
on put prévoir le moment où, de dépit et de honte,
elle allait éclater en sanglots.

— Où avez-vous rencontré l'accusé ?

— La première fois ?

— Oui.

— Sur le champ de foire, où je me promenais avec
mon amie.

— Il y a combien de temps de ça ?

— A peu près à cette époque-ci, en novembre de
l'année dernière. La foire a toujours lieu en novembre.

— Vous êtes devenue sa maîtresse le premier soir ?

Elle devint rouge, ne dit rien, fit un léger signe de
tête.

— A l'instruction, vous avez déclaré que vous l'avez
suivi dans un hôtel de la rue du Marché et qu'il a
insisté pour que votre amie vous accompagne.

— Elle a refusé. Elle a un ami sérieux.

— Vous l'avez revu souvent ?

— Il venait de temps en temps m'attendre à la sortie du magasin.

— Qu'appelez-vous de temps en temps ?

— Parfois, c'était une semaine, parfois deux.

— Vous disait-il qu'il était amoureux de vous ?

— Il n'en parlait pas.

— Il continuait à vous emmener à l'hôtel ?

— Oui.

— Chaque fois ?

— Sauf le soir que mon amie était au cinéma et
que je l'ai amené dans notre chambre.

— Vous saviez qu'il était marié ?

— Il me l'avait dit. D'ailleurs, j'avais vu son alliance.

— Il lui arrivait de vous parler de sa femme ?

— Pas très souvent.

— Qu'est-ce qu'il en disait ?

— Que c'était une garce.

— Il n'a jamais exprimé son intention de la quitter ?

— Non.

— Mais il vous a dit son désir de vous épouser ?

— Pas comme ça.

— Quels mots a-t-il employés ?

— Un soir que nous étions couchés et...

Elle s'arrêta, gênée par les regards fixés sur elle, reprit, passant un membre de phrase que tout le monde devina :

— ... Il m'a dit :

« — Toi, si tu étais ma femme, je te ferais tout de suite un enfant.

« Je lui ai demandé pourquoi et il a répondu :

« — Parce que tu as une tête à avoir des enfants.

« Il avait un drôle d'air. Un peu plus tard, il a ajouté :

« — Après tout, peut-être qu'un jour je t'en ferai un. »

Elle tourna à moitié son visage vers Lambert qu'elle regarda avec l'air de s'excuser.

— C'est la seule fois qu'il ait fait allusion au mariage ?

— La seule.

— Il n'a pas parlé de divorce ?

— Jamais.

— Ni de se débarrasser de sa femme d'une façon ou d'une autre ?

— Oh ! non.

— Vous avez eu l'impression qu'il avait l'intention de vous épouser s'il lui arrivait de devenir libre ?

— J'ai seulement pensé que, s'il n'avait pas été marié, j'aurais peut-être eu une chance. Mais ce sont des choses qui ne m'arrivent pas.

Armemieux, cette fois, intervint, alors que Lhomond allait laisser partir la jeune fille.

— La Cour veut-elle demander au témoin quand cette conversation a pris place ?

— Vous avez compris ? Quand l'incident que vous venez de relater a-t-il eu lieu ?

— C'était la dernière fois que je l'ai vu. Je veux dire la dernière avant la fois où je me suis trouvée en face de lui chez M. le Juge d'Instruction.

— Donc, peu avant la mort de Mariette Lambert ?

— Environ quatre jours avant, vers le début de la semaine, le mardi ou le mercredi, je ne sais plus.

L'Avocat Général fit signe qu'il était satisfait et Hélène Hardoin, avant de s'engager dans l'allée, lança un dernier coup d'œil à Lambert qui, de son côté, la suivit des yeux. Lhomond remarqua que le regard de l'homme était indifférent, sans tendresse ni émotion d'aucune sorte, et qu'il se posait tout de suite après sur Lucienne Girard... Lambert ne haussa-t-il même pas légèrement les épaules ?

Cela déplut à Lhomond qui en fut comme déçu. Mais ce n'était pas Lambert qu'il défendait. Il ne défendait personne, sinon peut-être lui-même, et cela, c'était trop compliqué à expliquer.

— Faites entrer le témoin suivant.

Il s'agissait de Gelino et Lambert se penchait sur son gardien de gauche pour lui adresser une réflexion à voix basse, après quoi il s'accouda à son banc, le menton en avant, dans son attitude de défi.

CHAPITRE VII

L'ALIBI DE LA BELOTE

Gelino avait du pré-
parer son entrée et ses reparties comme il préparait
ses boniments de la foire, où il vendait de la bijou-
terie de pacotille. En complet à carreaux, un chapeau
gris perle à la main, il jaillit de la salle des témoins
comme on entre en scène dans un café-concert et il
eut même un petit salut de la main pour le public.

— Vous vous appelez, Justin, Jacques, Antoine, Gelino, né à Marseille, trente-cinq ans, sans domicile
fixe, exerçant la profession de marchand forain.

— Exact, mon Juge !

— Lorsque vous répondrez, vous voudrez bien dire :
Monsieur le Président.

— Si cela vous fait plaisir. Pour moi, c'est du pareil au même.

Il était plus petit que Lambert, plus râblé, et des
biceps de lutteur gonflaient les manches de son veston
cintré.

— Vous jurez de dire la vérité, toute la vérité, rien
que la vérité ?

Il leva la main, goguenard, comme si c'était la chose du monde la plus drôle de lui demander ça, à lui, et lança d'une voix qu'on entendit au fond de la salle :

— Je le jure !

— Vous n'êtes ni parent, ni allié, ni au service de l'accusé.

Il prit alors le temps de regarder celui-ci d'un air compatissant.

— Certainement pas.

— Vous possédez un casier judiciaire assez chargé.

— J'ai toujours protesté de mon innocence, Juge. Je veux dire Président.

— Vous avez déserté le domicile conjugal il y a quatre ans et votre femme, qui habite Le Havre avec vos deux enfants, a dû vous poursuivre pour défaut de soutien. C'est exact ?

— Nous n'étions pas faits l'un pour l'autre. Notre mariage a été une erreur.

— Vous avez été condamné quatre fois pour escroquerie.

— Si vous en parlez, Juge, je vous demande d'être honnête et d'aller jusqu'au bout, sinon ces gens-là — il désignait les jurés — se feront des idées fausses. J'ai toujours prétendu et je continue à prétendre que ce sont mes clients qu'on aurait dû mettre en prison. Est-ce que j'ai tort ?

Il avait presque raison et Lhomond tint à être honnête, comme disait Gelino. Il expliqua aux jurés en quoi consistaient les escroqueries de celui-ci. Le forain accostait un passant cossu dans la rue, de préférence le soir, et lui montrait un bijou dans le creux de sa main, le plus souvent une bague de femme ornée d'une pierre brillante. Son attitude était celle d'un homme qui craint d'être appréhendé par la police et il laissait entendre qu'il s'agissait d'un bijou volé et qu'il avait besoin de quelques milliers de francs tout de suite.

— Si, demain, je ne trouve pas le moyen de passer la frontière, je suis frit. Refilez-moi de quoi prendre le train jusqu'à Bruxelles et le diamant est à vous.

Il était difficile d'évaluer le nombre de ses victimes, car la plupart évitaient de porter plainte.

Quand le Président eut terminé son explication, Gelino eut l'air de dire aux jurés, en les regardant avec des yeux candides :

— Vous voyez !

— Vous étiez l'amant de Mariette Lambert ?

— Je ne me vante jamais de mes bonnes fortunes, mais, puisque vous le dites, je ne vous contredirai pas.

— Depuis longtemps ?

— Cela doit faire dans les deux ans. Quand j'étais en tournée, il nous arrivait de rester des semaines sans nous voir.

— Lambert était au courant de vos relations ?

Il se tourna à nouveau vers l'accusé, hocha la tête, hésitant.

— Je dois répondre la vérité ?

— Vous en avez fait le serment.

— Dans ce cas, il savait.

— Il n'a jamais essayé de vous empêcher de la voir ?

— Pour cela, mon Président, il aurait fallu qu'il en soit capable.

Et il bombait les biceps en regardant plus particulièrement Mme Falk.

— Il ne lui est pas arrivé de vous menacer ?

— Une fois. Il m'a dit que, si je ne disparaissais pas du secteur, il me ferait mon affaire. Il a dû réfléchir

depuis et trouver que c'était plus facile de faire son
affaire à sa femme.

— Vous saviez que Mariette Lambert avait d'autres amants ?

— Je ne lui ai jamais demandé l'exclusivité.

A voir les visages détendus, on aurait pu se croire
au théâtre. Les gens se penchaient, souriaient d'avance
dès que Gelino ouvrait la bouche et lui, sensible à
l'attention dont il était l'objet, se dandinait, adressait
parfois un clin d'œil à la foule avec l'air de promettre :
« Attendez de voir ce que vous allez voir ! »

— Parlez aux jurés de la journée du 19 mars.

— Qu'est-ce que je dois leur raconter ?

— Tout ce que vous savez.

— Tout ?

— Tout ce qui a trait au procès.

— Dans ce cas, je n'ai rien à dire, car je ne sais
rien.

— Vous n'avez pas vu Mariette Lambert ce jour-là ?

— Comme je vous vois. Et même un peu plus.

— Quelle heure était-il ?

— Environ six heures et quart.

— Où l'avez-vous rencontrée ?

— En face d'un salon de coiffure de la rue Deglane.
Elle m'avait téléphoné à quatre heures et demie au
Bon Coin, où je faisais une belote avec des amis,
pour me demander d'aller la rejoindre.

— Elle avait une raison spéciale pour vous voir ?

Cette fois, il parut prendre les jurés à témoin de
la naïveté du Président.

— Il n'y a pas besoin de raison pour ces choses-là.
Surtout avec Mariette !

— Vous n'avez rien remarqué de spécial pendant
que vous attendiez en face du salon de coiffure ?

— Un jeune blanc-bec, qui faisait les cent pas, a pris ses jambes à son cou dès qu'il m'a vu.

— Vous le connaissiez ?

— Mariette m'avait dit son nom, Joseph Pape, comme celui qui est à Rome. Elle m'a raconté qu'il était amoureux à s'en rendre malade et que, par pitié, elle le laissait parfois monter dans sa chambre quand Lambert n'y était pas. Je vous répète ce qu'elle m'a dit, mais je ne vous oblige pas d'y croire.

— Pourquoi s'est-il enfui à votre approche ?

— Il a dû s'imaginer que j'étais jaloux.

— Qu'est-il arrivé quand Mariette Lambert a quitté le salon de coiffure ?

— Nous nous sommes dirigés vers la rue Haute. En chemin, elle s'est arrêtée pour acheter une bouteille de rhum... Vous remarquerez que, quand les femmes s'y mettent, elles choisissent presque toujours les boissons les plus fortes. Pour Mariette, c'était le rhum.

— Continuez.

— Nous sommes entrés dans la cuisine où j'ai débouché la bouteille et où nous avons pris un verre ou deux.

— On a retrouvé la bouteille aux trois quarts vide.

— C'est surtout Mariette qui a bu.

— Elle était ivre ?

— Il lui en fallait plus que ça. Elle était juste au point où elle aimait être. Nous sommes montés. Vous tenez à ce que je continue ?

— Répondez seulement à ma question. Vous avez eu des relations intimes avec la victime ?

— Plutôt deux fois qu'une, mon Président.

— Ensuite ?

— Nous sommes partis. Elle s'est d'abord rhabillée, bien entendu.

— Un instant. Lorsque vous êtes venu rue Haute avec Mariette, saviez-vous que Lambert n'y serait pas ?

— Le samedi, il ne rentrait jamais que tard dans la soirée.

— Quelles étaient vos intentions en quittant la maison ?

— D'abord, d'aller manger un coq au vin chez le père Sauveur, rue du Pot-de-Fer. C'est un petit bistrot qui ne paie pas de mine, mais où...

— Vous êtes donc passés tous les deux par la rue du Chemin-de-Fer et vous avez tourné à droite dans la rue du Pot-de-Fer. Quelles étaient les dispositions d'esprit de Mariette ?

— Elle était furieuse.

— Pourquoi ?

— Parce qu'elle s'était mis en tête que je l'emmènerais danser à la Maison Bleue. Je lui ai déclaré qu'il n'y avait rien à faire, que j'avais rendez-vous au *Bon Coin* avec les copains pour une belote et que, si le cœur lui en disait, il y avait de la place pour elle à côté de moi sur la banquette.

— Vous avez dîné en sa compagnie ?

— Non. Avant d'atteindre le restaurant, elle a décidé que, si c'était pour passer la soirée à me regarder jouer aux cartes, elle préférait aller se coucher.

— Elle a dit : aller se coucher ?

— Je ne l'ai pas inventé.

— Vous avez dîné seul chez Sauveur ?

— Vous pouvez le lui demander.

— Qu'avez-vous fait ensuite ?

— Je me suis rendu au *Bon Coin* et j'ai retrouvé les copains. Nous avons joué jusque passé minuit.

J'ai déjà fourni la liste de mes compagnons à la police,
qui les a cuisinés. Jules, le patron, a été questionné
aussi. Tout cela doit se trouver dans vos papiers.

— Vous n'avez pas quitté le bar de la soirée ?

— Ces messieurs l'ont déjà dit. Ils n'ont pas intérêt
à mentir.

— Qu'avez-vous fait après minuit ?

— Comme tout le monde : je suis allé dormir.

— Où ?

— A l'*Hôtel du Marché Couvert*, où je loge quand
je ne suis pas en tournée. On m'a vu rentrer.

— Vous n'êtes retourné à aucun moment rue Haute ?

— Non, mon Président.

— Vous ne vous êtes pas approché non plus de
la voie du chemin de fer ?

— Si vous connaissez le marché couvert, c'est juste
dans le quartier opposé.

Le commissaire Belet avait épluché les déclarations
de Gelino avec plus de soin que les autres. Lhomond
lui avait demandé, quelques jours avant les débats :

— Vous avez l'impression qu'il ment ?

— S'il ment, ce sera impossible, à moins d'un miracle, de le prouver. Les trois hommes avec qui il
prétend avoir joué aux cartes sont catégoriques. Le
patron du *Bon Coin* aussi. Mais ils n'hésiteraient pas
à faire un faux témoignage pour lui fournir un alibi.
Deux d'entre eux sont des souteneurs notoires. Le
troisième, qui a l'air d'un respectable commerçant et
tient boutique de brocanteur, a été condamné deux
fois pour recel.

Lhomond avait lu et relu leurs déclarations, qui
avaient les apparences de la sincérité. Pour ne pas
éterniser les débats, Armemieux avait renoncé à les
faire comparaître à la barre.

Il était difficile de trouver une raison pour laquelle Gelino aurait tué Mariette. Il ne pouvait être question d'intérêt, puisqu'elle ne possédait que ce qu'elle portait sur elle. Gelino ne s'était jamais conduit en amant jaloux. Il aurait fallu qu'il la frappe au cours d'une dispute, sous le coup de la colère ou de l'ivresse. Or, Gelino ne buvait presque pas et aucun des témoins ne se souvenait de l'avoir vu ivre.

Lhomond, pourtant, ne le laissait partir qu'à regret, avec la conviction qu'on était loin de tout savoir.

— Le témoin suivant.

Gelino était allé s'asseoir à une place devenue libre au second rang, juste derrière Mme Frissard que cela mettait mal à l'aise.

— Non, prénoms, âge, qualité...

— Joseph Pape, dix-neuf ans, soldat au 114ᵉ d'Infanterie.

Il portait l'uniforme et avait glissé son calot dans son ceinturon. Lui aussi se tourna vers Lambert, non pour le narguer, mais avec une curiosité intense. Cela devait être la première fois qu'il voyait un homme accusé de meurtre et il semblait s'attendre à découvrir Dieu sait quels stigmates sur son visage.

— Dites aux jurés ce que vous avez fait dans l'après-midi et la soirée du 19 mars.

— J'ai quitté mon travail à quatre heures et demie comme d'habitude. Sachant que Mariette irait cet après-midi-là chez le coiffeur, je suis allé l'attendre rue Deglane.

— Elle vous avait donné rendez-vous ?

— Non. Trois jours plus tôt, comme je lui demandais si nous pourrions nous voir le samedi après mon travail, elle m'avait répondu que c'était impossible parce qu'elle devait se rendre chez le coiffeur.

— Qu'espériez-vous en l'attendant ?

— Je me suis dit qu'elle aurait peut-être une heure, ou même une demi-heure à passer avec moi.

Il avait le visage mince, tout en longueur, et on sentait que sa formation physique n'était pas terminée. L'uniforme, au lieu de le rendre plus mâle, faisait ressortir sa gaucherie d'adolescent.

— N'étiez-vous pas là pour vous assurer qu'elle vous avait dit la vérité ?

— Pour cela aussi.

— Vous n'ignoriez pas qu'elle avait d'autres amants ?

— C'était impossible de ne pas le savoir. Chaque fois que je la voyais, je la suppliais de changer de vie et je suis sûr qu'elle aurait fini par m'écouter.

Il mettait un certain orgueil à lancer ça à la face du monde et, dans son esprit, il était le seul à défendre la mémoire de Mariette, le seul à ne pas la renier.

— Elle n'a jamais eu de chance, continuait-il avec nostalgie. Ce n'était pas de sa faute.

— Quels étaient exactement vos projets ?

— Nous aurions vécu ensemble jusqu'à ce qu'elle obtienne le divorce et alors je l'aurais épousée.

— Votre mère était au courant de vos intentions ?

— Non. Je n'en ai parlé à personne, surtout pas à ma mère.

Il se tourna un instant, effrayé, vers le fond de la salle.

— Vous étiez jaloux de Lambert ?

— Pas tellement de lui.

— De Gelino ?

Il baissa la tête en murmurant : « Oui. »

— Lorsque vous attendiez sur le trottoir de la rue Deglane, vous l'avez vu s'approcher ?

— Oui. Je me tenais au coin de la rue. J'ai compris que, malgré ses promesses, Mariette continuait à le voir.

— Elle vous avait promis de ne plus le voir ?

— Oui. Il ne valait rien pour elle.

— Qu'avez-vous fait ?

— J'ai traversé la rue et j'ai marché rapidement jusqu'à une centaine de mètres de là, comme si je m'en allais.

— Dans quel but vouliez-vous faire croire à Gelino que vous étiez parti ?

— Pour savoir ce qui se passerait quand Mariette sortirait. Je me disais qu'elle l'avait peut-être laissé venir pour lui déclarer qu'elle ne voulait plus le revoir.

— Vous avez suivi le couple jusqu'à la rue du Pot-de-Fer ?

— Oui. Ils ne m'ont pas aperçu. Ils se sont arrêtés en chemin dans un magasin de liqueurs.

— Lorsqu'ils sont entrés dans la maison des Lambert, vous êtes resté dans la rue ?

— Oui.

— Longtemps ?

— Assez longtemps.

Lors de son premier interrogatoire par le commissaire Belet, il avait commencé par mentir, déclarant qu'après avoir attendu un certain temps devant le salon de coiffure, il s'était éloigné et avait déambulé sans but. Quand Belet lui avait demandé s'il avait pris son travail comme d'habitude, à sept heures, au cinéma, il avait d'abord dit oui, s'était troublé, avait fini par avouer qu'il n'y était pas allé.

Lhomond continuait :

— Vous avez vu la lampe s'allumer au premier étage ?

— Oui.

— Je suppose que vous connaissez les lieux ?

— J'y suis allé plusieurs fois.

— Vous avez cependant continué votre faction ?

Au deuxième rang, Gelino, que le témoin n'avait pas vu, paraissait s'amuser et lançait des coups d'œil à ses voisins pour souligner le côté comique de la situation.

— Je suis resté jusqu'à ce qu'ils s'en aillent.

— A quelle heure sont-ils partis ?

— Je n'avais pas de montre. J'avais revendu la mienne quelques jours auparavant.

Sans doute pour acheter une babiole à Mariette ? Lhomond n'insista pas.

— Etait-il plus tard que huit heures du soir ?

— Certainement pas.

— Plus tôt ?

— Peut-être plus tôt. Je me tenais dans une encoignure.

— Vous n'avez pas vu une petite fille se diriger vers la boulangerie ?

— Non.

— Vous avez de nouveau suivi le couple ?

— De loin.

— Où Mariette Lambert et Gelino sont-ils allés ?

— Ils ont pris la rue du Chemin-de-Fer et ont ensuite tourné à droite dans la première rue.

— La rue du Pot-de-Fer ?

— Oui. Ils avaient l'air de discuter et, à un certain moment, ils se sont arrêtés au bord du trottoir, où Mariette a lâché le bras de son compagnon.

— Le bras de Gelino ?

— Oui. Bien sûr. Presque tout de suite après, ils
se sont séparés comme s'ils étaient fâchés et Gelino
a continué son chemin tandis que Mariette revenait
sur ses pas.

— Vous lui avez parlé ?

— Elle a d'abord essayé de passer sans me répondre. Elle était de mauvaise humeur. Je l'ai suppliée
de m'accorder un moment, en lui promettant de ne
pas lui adresser de reproches. Alors, elle s'est arrêtée
en me lançant :

« — Dépêche-toi de dire ce que tu as à dire ! »

« Comme ça, à brûle-pourpoint, au bord du trottoir, je ne savais plus. Je lui ai demandé de venir
dîner avec moi quelque part et elle m'a répondu
qu'elle n'avait pas faim.

« Alors, je lui ai dit que, si elle acceptait de venir
avec moi tout de suite, je connaissais une chambre
meublée à louer et que je gagnais assez d'argent pour
nous deux.

— Quelle a été sa réponse ?

Il hésita, regarda le Président d'un air suppliant,
balbutia :

— Elle n'a pas voulu. Elle me trouvait trop jeune.

Lhomond n'insista pas pour qu'il répète la réponse
que Mariette lui avait faite et qu'il avait fini par avouer
au cours d'un des interrogatoires de Belet.

Elle avait murmuré en haussant les épaules :

« Pauvre idiot ! Tu ne te rends pas compte que
tu n'es pas sec derrière les oreilles ? »

— Elle vous a quitté rue du Pot-de-Fer ?

— Elle s'est mise à marcher et je l'ai suivie, mais
elle faisait comme si je n'étais pas là et ne me répondait plus.

— Vous l'avez vue rentrer chez elle ?

— Non. Arrivée au coin de la rue du Chemin-de-Fer, elle a frappé du pied avec impatience et m'a presque crié :

« — Vas-tu me ficher la paix ou faut-il que j'aille me plaindre à ta mère ? »

Selon Pape, il avait remonté alors la rue du Chemin-de-Fer sur toute sa longueur, jusqu'à l'endroit où elle se perd dans la campagne, et il avait dû passer devant le pavillon que le sous-chef de gare habitait.

Il n'y avait aucun témoin pour déclarer l'avoir vu. Il prétendait que, quelque part, il avait rencontré une jeune femme avec un bébé qui pleurait dans ses bras, mais on ne l'avait pas retrouvée. Il était redescendu en ville par la rue des Nations et le boulevard Gambetta, n'avait pas dîné, n'était entré dans aucun café.

— A quelle heure êtes-vous rentré chez votre mère ?

— Il était onze heures et demie. C'est l'heure où, d'habitude, je reviens du cinéma, et je ne lui ai rien dit, elle ne m'a pas posé de questions.

— Quand avez-vous appris que Mariette Lambert était morte ?

— Le lendemain, vers onze heures, par la radio. C'était dimanche et ma mère m'avait laissé dormir.

Tout cela ne prouvait rien. Gelino avait des témoins qui n'en étaient pas à un parjure près et Joseph Pape ne possédait pas d'alibi du tout. Il aurait pu se trouver, un peu avant onze heures, sur la voie du chemin de fer. Il aurait pu aussi, avant le retour de Lambert, rentrer avec Mariette dans la maison de la rue Haute et être au premier étage avec elle quand Lambert était rentré ivre. Enfin, si on en croyait un des experts, rien ne prouvait que la jeune femme n'avait pas été tuée dès huit heures du soir, heure à laquelle

elle se tenait avec Joseph Pape au coin de la rue du Chemin-de-Fer, à deux pas des voies.

Aurait-il été capable de faire le geste? Lhomond ne se permettait plus de répondre à la question. L'avant-veille encore, il l'aurait peut-être fait. Depuis l'incident de la bouteille de médicament brisée et sa rencontre avec Frissart sur le seuil d'Armando, il était devenu plus circonspect.

Après deux semaines d'instruction, Cadoux n'avait retenu que trois suspects, sur lesquels il avait concentré son enquête. Mariette n'avait pas été violée, ce qui écartait l'hypothèse d'un crime de sadique. Son sac à main, qui ne contenait que trois cents francs, avait été retrouvé dans sa chambre. Il n'y avait donc pas eu vol. Enfin, on avait interrogé tous les hommes qui, les derniers mois, avaient eu des relations avec elle et, ou bien ils avaient quitté la ville, ou bien ils avaient pu prouver de façon pertinente qu'ils n'étaient pas, cette nuit-là, dans le quartier de la Boule d'Or.

On n'avait pas retrouvé le marteau, qui aurait dû être avec les autres outils dans le tiroir de la cuisine. S'il avait servi à assommer Mariette, ce qui était l'opinion de Belet, il avait dû être jeté dans un terrain vague ou, plutôt, dans la rivière, où on n'avait aucune chance de le découvrir.

Gelino, le premier, avait été à regret rayé de la liste des meurtriers possibles, à cause de ses alibis. Belet ne l'en avait pas moins fait surveiller étroitement pendant plusieurs semaines dans l'espoir qu'il lui arriverait de trop parler ou de risquer une démarche compromettante, mais le camelot n'avait donné aucune prise.

On savait, par des voisins, qu'il y avait eu une

scène violente entre Joseph Pape et sa mère le 23 mars, quand il avait reçu la convocation de Belet, et, quelques jours plus tard, il confiait à un ami son intention de s'engager dans l'armée.

Armemieux, lui, ne mettait pas en doute la culpabilité de Lambert qui, des trois, avait le motif le plus sérieux pour se débarrasser de sa femme et qu'en outre l'ivresse pouvait, ce soir-là, avoir poussé à un geste extrême.

— Il nous reste les deux experts, murmura Lhomond, se penchant tour à tour sur ses assesseurs. En finissons-nous avec eux ce matin ?

On avait encore une chance de terminer le procès ce jour-là. Le matin, l'Avocat Général avait annoncé que son réquisitoire ne prendrait guère plus d'une heure et Jouve, de son côté, prévoyait une plaidoirie d'une heure et demie à deux heures, cela dépendrait des derniers témoignages et des dispositions des jurés.

La famille ne s'était pas portée Partie Civile. Lorsque la mère de Mariette, dans le Finistère, avait été mise au courant par la police, elle s'était contentée de hausser les épaules en déclarant :

— Je l'ai prévenue que cela lui arriverait un jour ou l'autre !

C'est tout juste si elle n'avait pas dit :

— Bien fait pour elle !

On lui avait demandé si elle était prête à payer pour le transport du corps et elle avait répondu :

— Elle se trouvait bien là-bas de son vivant. Il n'y a pas de raison qu'elle n'y soit pas aussi bien morte.

Enfin, quand on lui avait parlé de se constituer Partie Civile et qu'on lui avait expliqué en quoi cela consistait, elle avait questionné, méfiante :

— Je toucherai de l'argent ?

— Même s'il est condamné, son mari sera incapable de payer, car il ne possède rien.

— Alors, pourquoi tous ces chichis ?

Peut-être, maintenant, lisait-elle le compte rendu des débats dans son journal local ; ce n'était pas certain.

Il était midi moins dix, Delanne et Frissart prétendaient qu'ils n'étaient pas pressés d'aller déjeuner. Le jury ne donnait aucun signe de fatigue.

— Introduisez le témoin suivant.

C'était le professeur Lamoureux, un des meilleurs internistes de France, qui figurait régulièrement dans les congrès internationaux. Il était court et gras, peu soigné, et ne se souciait pas de ce que les gens pouvaient penser de lui. Ce matin-là, il était de mauvaise humeur parce qu'on lui avait fait perdre son temps et que l'atmosphère de la salle des témoins était étouffante. Il avait pourtant sur les autres l'avantage de n'avoir pas eu à attendre la veille, par égard pour l'importance de ses occupations.

— Vous jurez de dire...

— Je le jure !

— Adressez-vous aux jurés et dites-leur...

Lamoureux avait horreur de parler médecine à des gens qui n'y connaissaient rien et il n'essayait pas de le cacher.

— Je suppose que je dois exposer les raisons sur lesquelles sont basées mes conclusions ?

— Je vous en prie.

— Le 21 mars, j'ai été appelé...

Etait-ce une façon de se venger ? Il se mettait à raconter, avec plus de détails encore que Lazarre, les différents examens auxquels il s'était livré sur les restes de Mariette après que le médecin légiste eut déjà procédé à l'autopsie. De temps en temps, il s'interrompait pour se moucher bruyamment, continuait sa description des différents organes. C'était lui qui avait découvert, entre autres choses, que la victime était enceinte d'environ deux mois, car Lazarre, ne se préoccupant que d'établir les causes et l'heure de la mort, avait négligé d'examiner l'utérus.

Une vingtaine de personnes sortirent pendant sa déposition, quelques-unes, sans doute, parce qu'elles devaient aller déjeuner, d'autres, probablement, parce que les images que le praticien évoquait les mettaient mal à l'aise.

Pour l'établissement de l'heure de la mort, Lamoureux discuta du bien-fondé d'un certain nombre de théories, discuta l'opinion de savants allemands et américains, conclut enfin d'une voix acerbe que, quoi qu'en puissent dire ses confrères, Mariette Lambert pouvait aussi bien avoir été frappée à huit heures du soir qu'à minuit ou à une heure du matin.

Lambert n'écoutait pas et, presque tout le temps, il parla à voix basse à un de ses gardes. Deux ou trois fois, Jouve dut lui faire signe de se taire, car des jurés fronçaient les sourcils. Armemieux n'écoutait pas non plus et écrivait des choses qui, probablement, n'avaient aucun rapport avec le procès.

La veille, l'atmosphère de la salle était solennelle, avec un arrière-fond de tragédie, et ce n'était pas seulement parce qu'il avait la fièvre que Lhomond en avait été impressionné. Il en est ainsi chaque fois. Acteurs et spectateurs, aujourd'hui, avaient eu le temps de se familiariser avec les faits et avec l'idée de la mort violente qui avait pesé sur les premières heures des débats.

Mariette Lambert, d'abord, avait été une victime, son mari un assassin probable, et tous les deux, pour un temps, s'étaient trouvés parés d'un certain prestige, sinon d'une certaine grandeur.

Témoin après témoin, on les avait humanisés, réduits aux proportions de tout le monde. On avait vu Dieudonné Lambert, des heures durant, assis comme n'importe qui dans la salle, croisant et décroisant les bras, se mouchant, s'essuyant le front, se penchant vers ses gardes pour une réflexion, et des témoins étaient venus le décrire dans ses attitudes de tous les jours.

Les explications des experts n'intéressaient personne, sauf quelques étudiants en médecine venus tout exprès, et quand le docteur Bénis eut parlé cinq minutes, un bon tiers des bancs était vide.

Le réquisitoire, l'après-midi, et surtout la plaidoirie de Jouve, réveilleraient quelque peu l'intérêt parce qu'on s'attend toujours à des révélations sensationnelles ou à un incident d'audience.

Ce serait réellement quand le Président aurait résumé les charges et surtout quand la Cour et les jurés se retireraient pour délibérer qu'une ambiance dramatique régnerait à nouveau.

— Levez la main droite. Dites : je le jure !

— Je le jure !

Contrairement à Lamoureux, Bénis s'efforça de se mettre au niveau des jurés et de n'employer que des termes qu'ils pouvaient comprendre. Pendant qu'il parlait, Lhomond remarqua que deux doigts de sa main droite étaient brunis par la nicotine. Bénis occupa la barre pendant dix-huit minutes et, quand il conclut, le jury avait à choisir entre deux opinions contradictoires émanant d'hommes aussi respectables et respectés l'un que l'autre.

Pour Lamoureux, la mort pouvait remonter à huit heures du soir.

Pour Bénis, il était impossible qu'elle se soit produite avant onze heures, ce qui, si on admettait sa théorie, réduisait à néant le témoignage déjà caduc de la sage-femme.

Mme Falk fut la seule à poser une question.

— Est-ce que la mort a été instantanée et sait-on si la victime a souffert ?

Bénis, patiemment, lui expliqua pourquoi il croyait que la mort n'avait pas été instantanée, mais s'était produite quinze ou vingt minutes après que les coups eurent été portés. Peut-être pour rassurer Mme Falk, il ajouta cependant que Mariette Lambert était alors dans le coma et n'avait pas souffert au sens courant du mot.

— L'audience reprendra à deux heures et demie.

Ce n'est qu'en se levant que Lhomond se rendit compte de sa fatigue, surtout par l'engourdissement de ses jambes, et, en retirant sa robe, il craignit un instant d'être pris de vertige. Il y avait cependant sur son visage un air de satisfaction qui n'échappa pas aux autres magistrats. En devinaient-ils la cause ? Si oui, ils devaient lui en vouloir, car sa légèreté d'esprit lui venait de sa conviction de leur avoir joué un bon tour.

Comme tous les juges du monde, ils aimaient un cas bien net, qu'on peut trancher avec assurance, avec des protagonistes ou tout bons ou tout mauvais.

Lhomond n'était pas sûr d'avoir entièrement réussi, mais il lui semblait que, par sa façon de présider les débats, de poser les questions, d'éclairer certains points que l'instruction avait laissés dans l'ombre ou de souligner une intention, il avait tout embrouillé.

Dieudonné Lambert leur paraissait-il encore aussi coupable que la veille ? Ne commençaient-ils pas, y compris Armemieux, à entretenir des doutes et certains témoins qui avaient défilé n'étaient-ils pas à présent aussi susceptibles que lui d'avoir commis le crime ?

C'était drôle, car c'était à Laurence qu'il pensait, comme s'il était en train de la narguer. Si elle lisait avec attention le compte rendu des débats dans le journal, — et il était persuadé qu'elle n'y manquait pas, — elle devait déjà avoir senti ce qu'il y avait d'inhabituel dans le comportement de son mari. En devinerait-elle la raison ?

— On finit ce soir ?

— C'est presque sûr, à présent. Cela ne dépend plus que du réquisitoire et de la plaidoirie.

Les jurés, de leur côté, avaient-ils compris son intention ? Il s'était efforcé, avec le maximum de discrétion, de leur montrer les personnages du drame, y compris les témoins, dans toute leur complexité, et, du coup, les témoignages en avaient perdu une partie de leur poids.

— Je vous dépose ? proposa, sur le péristyle, Armemieux qui avait sa voiture et qui devait de toute façon passer par l'avenue Sully.

— J'accepte volontiers.

Le Procureur Général avait envie de lui parler. Assis au volant, il l'observa deux ou trois fois à la dérobée.

— Curieux procès, grommela-t-il comme on lance une remarque en l'air.

— Je pense que tous les procès sont curieux.

— Je parle plus spécifiquement des témoins.

— Je suppose qu'il y a dans ce qu'ils ont dit une part de mensonge et une part de vérité, ce qui est humain.

Il le faisait exprès. Ce n'était pas sans danger. Ses paroles ne pouvaient manquer de frapper le Procu-

reur, qui ne se ferait pas faute de les répéter, et quelqu'un finirait peut-être par déceler la raison personnelle qui l'incitait à parler de la sorte.

— Je me demande comment les jurés réagiront.

Ils étaient arrivés et Lhomond se permit une dernière pirouette :

— Que décideriez-vous, à leur place ?

Ne s'était-il pas identifié petit à petit avec l'accusé ?
Pas avec Lambert à proprement parler. La personnalité,
la vie de celui-ci, ce qu'il avait ou n'avait pas fait,
ne comptaient pas à ses yeux. Pour la première fois
de sa carrière, il s'était assis en pensée à la place qu'occupait l'accusé. Pendant les deux derniers témoignages, en particulier, c'était devenu une sorte de jeu.
Il s'était demandé qui occuperait sa propre place et
avait décidé que ce serait Henri Montoire en personne, car on devait bien ça à un magistrat.

Il s'était amusé à faire défiler des témoins imagi-
naires, à inventer leurs dépositions. Pour presque chacun de ceux qui étaient venus à la barre au cours
du vrai procès, il avait trouvé une contre-partie. Par
exemple, la jeune fille albinos de la ganterie jouait
le rôle d'Hélène Hardoin, tandis que Justin Larminat
tenait celui de Gelino. La coïncidence était d'ailleurs
qu'ils portent tous les deux le même prénom.

Il ne trouvait pas, dans ses témoins à lui, l'équivalent de Joseph Pape, et cela le chiffonnait ; il l'avait
longtemps cherché, alors que, pour la sage-femme, cela
avait été si facile ; il n'avait eu qu'à regarder droit devant lui et à poser son regard sur Mme Frissart.

Anna, comme d'habitude, lui retirait son pardessus
et ouvrait la porte de la salle à manger où son couvert était mis.

— Rien de nouveau ? demanda-t-il machinalement.

— Non, Monsieur. Rien de spécial.

Elle avait hésité et il comprit qu'elle mentait.

— Madame a eu une crise ?

— Elle nous a défendu de vous en parler afin de ne pas vous inquiéter pendant le procès.

— Plus fort que d'habitude ?

— Oui, Monsieur. Léopoldine a été si effrayée qu'elle a téléphoné chez le docteur Chouard.

— Il est venu ?

— Non. Il faisait sa tournée et on n'a pas pu le toucher. Quand Madame s'est sentie mieux, elle a fait téléphoner pour qu'il ne se dérange pas.

Il se dirigea vers l'escalier.

— Il vaut mieux que vous ne fassiez pas de bruit, car je crois qu'elle dort. Elle n'a pas encore appelé pour son déjeuner.

Il monta sur la pointe des pieds et crut d'abord que sa femme était endormie, car elle avait les yeux clos. Son premier coup d'œil fut pour la bouteille de médicament et il fut soulagé en constatant que le niveau en avait à peine changé depuis le matin.

— Tu n'es pas trop fatigué ? lui demanda-t-elle comme il fixait la bouteille.

Il tressaillit, pris en flagrant délit. Elle avait entrouvert les yeux et le regardait sans qu'on puisse deviner ses pensées.

— Il paraît que tu ne t'es pas sentie bien ?

— J'ai eu une crise un peu plus longue que les autres. Les domestiques se sont affolées. Elles ont dû te dire qu'elles ont téléphoné au docteur qui, heureusement, n'était pas chez lui. Maintenant, c'est passé. Comment vas-tu, toi ?

— Très bien.

Il n'aimait pas la façon douceâtre dont elle lui parlait, le regard presque affectueux.

— Tu es sûre que tu ne veux pas que Chouard vienne ? Je serais plus rassuré.

Elle secoua la tête et on aurait juré qu'elle souriait avec indulgence. Cela lui fit peur.

— Je l'appelle !

— Non. Je t'en supplie, Xavier. Je te promets que je lui ferai téléphoner si je ne me sens pas bien. L'après-midi, il est toujours à son cabinet. Va manger.

— Tu es sûre que...

— Mais oui. Va !

Une idée folle lui passa par la tête. Et si, depuis cinq ans, depuis vingt-quatre ans, en définitive, il s'était trompé sur le compte de Laurence ?

Il ne voulut pas s'y arrêter. C'était invraisemblable. Ce n'était pas possible qu'il se fût trompé aussi grossièrement.

— Va.

— Je monterai te voir avant de partir pour le Palais.

— C'est ça. Si tu veux. Dis à Léopoldine que je mangerai un œuf brouillé.

Il descendit, songeur, passa par la cuisine pour faire la commission à Léopoldine, lui demanda :

— Vous l'avez trouvée vraiment mal ?

Mais Léopoldine, haussant les épaules, se contentait de grommeler :

— Faut croire que je me suis gourée puisque la voilà à présent qui mange !

CHAPITRE VII

LE RENDEZ-VOUS DE LAMBERT

L'HORLOGE, AU FOND DE la salle, marquait quelques minutes avant cinq heures, quand Lhomond s'éclaircit la voix, regarda la salle, les jurés, et commença le résumé des charges. Depuis le milieu de l'après-midi, il avait à nouveau une certaine fièvre, mais moins que la veille, probablement aux alentours de 38°, et ni son esprit ni son corps n'en étaient engourdis. Au contraire, il mettait une certaine fébrilité, une certaine impatience à aller de l'avant comme quand, descendant une rue en pente, on accélère le pas malgré soi, entraîné par son propre poids, au point de croire parfois qu'on ne sera pas capable de s'arrêter.

Deux fois, au cours de la dernière audience, on venait d'entendre le récit des événements qui s'étaient déroulés le 19 mars dans le quartier de la Boule d'Or. Armemieux, dans son réquisitoire, d'abord, Jouve, ensuite, dans sa plaidoirie, avaient raconté les mêmes faits, décrit les mêmes lieux et les mêmes personnages — et chacun avait brossé le tableau d'un monde différent.

Le style de l'Avocat Général était élégant et châtié.

Présentés par lui, les quartiers dans le genre de celui que les Lambert habitaient ne sont, dans toutes les grandes villes, que l'envers du décor ou, plus exactement, une plaie inévitable. Ils existent comme existent les égouts. Quant aux Lambert eux-mêmes, aux Gelino et à leurs semblables, ils appartiennent à une sorte de jungle en marge de la société, contre laquelle il est du devoir de la société de se défendre.

Son tableau était net, gris acier, avec des traits cruels sur lesquels, toutefois, il avait le tact de ne pas s'appesantir. Il était difficile, en l'écoutant, d'admettre que n'importe quelle femme appartenant à une autre classe sociale aurait pu subir le sort de Mariette.

C'était un de ces crimes qui se commettent en dehors du monde honnête et policé, et certains accessoires devenaient comme des symboles de cette population maudite, la bouteille de rhum, par exemple, dont Mariette avait bu plusieurs verres avant de rencontrer son destin tragique, les Pernod, le marc, les morceaux de verre et le vin rouge répandu sur le plancher qui suffisaient à stigmatiser Lambert.

L'attitude de celui-ci, aux yeux de l'Avocat Général, ne pouvait être dissociée de la conduite de sa femme, puisqu'il l'avait laissée faire pendant des années. Et Armemieux ne manquait pas de tracer, en second plan, la silhouette d'un jeune homme qui n'était pas encore tout à fait pourri, mais qui avait failli l'être à jamais au contact de ce milieu.

Contrairement à l'attente de Lhomond, pourtant, Armemieux ne retint pas la préméditation. Néanmoins, dans sa bouche, le crime de Dieudonné Lambert, qu'il ne mettait pas en doute, n'était pas un événement inattendu, accidentel, en quelque sorte fortuit, mais l'aboutissement quasi fatal d'un certain état de choses.

Il ne réclamait pas la peine de mort. Ce qu'il demandait à la société, représentée par les jurés et la
Cour, ce n'était pas de venger Mariette, — il ne parla
même pas de punir, — mais d'empêcher un être dangereux de nuire à nouveau en le condamnant aux travaux forcés à perpétuité.

Pendant son réquisitoire, Lambert n'avait pas bron-
ché, plus froid que pendant les interrogatoires, et il ne
se pencha pas ensuite sur son avocat ou sur ses gar-
diens pour murmurer un commentaire comme il en
avait l'habitude.

Avec Jouve qui, au début, tremblait de trac et qui,
pendant les premières minutes, bégaya plusieurs fois,
il n'y eut plus ni jungle ni îlots insalubres, mais des
êtres comme les autres qui avaient rencontré le drame
sur leur chemin.

Mariette n'était plus le résultat de la pauvreté et de
l'attrait des grandes villes, mais une jeune fille, puis
une jeune femme mal équilibrée s'efforçant désespéré-
ment de trouver un but à sa vie.

Sans le dire expressément, Jouve laissait entendre que
son besoin effréné d'aventures n'était pas exclusif à
certains bas-fonds et il fit une allusion discrète à un
récent procès en divorce qui avait révélé, derrière une
façade plus qu'honorable, la vie scandaleuse de per-
sonnalités importantes du pays.

— Cet homme l'aimait. Il l'aimait assez pour, connaissant sa conduite, lui donner son nom, avec, sans
doute, l'espoir de la transformer.

Il soulignait, non sans justesse, que Lambert qui,
dès l'âge de quinze ans, avait été livré à lui-même
et qui, jeune homme, avait eu plusieurs fois des démê-
lés avec la justice, n'en avait pas moins fini par travail-

ler régulièrement sans, pendant les dernières années,
avoir fait l'objet d'une seule plainte.

— Peut-être leur vie à tous les deux aurait-elle été
différente si un premier enfant n'était pas mort en
naissant ?

Jouve insistait sur la note sentimentale, car il avait
appris des maîtres du barreau qu'on n'en use jamais
trop devant le jury.

— N'est-ce pas à cause de cette expérience malheu-
reuse, et dans la crainte de mourir si elle se renou-
velait, que Mariette Lambert, dès lors, a recouru à des
manœuvres que la loi et la morale réprouvent ?

Il décrivait la vie d'un couple sans attaches à qui
les bars, les restaurants, les cinémas et les salles de
danse tiennent lieu de foyer.

— Dans sa chasse au plaisir, Mariette a rencontré
des hommes de toutes sortes, y compris des citoyens
et des respectables pères de famille à qui on a évité
la honte de défiler à la Barre.

Lhomond était surpris par cette astuce. Au lieu de
noircir Mariette pour blanchir son mari, il les unis-
sait dans une même pitié, en faisant deux épaves au
sort étroitement lié.

— Lambert a-t-il songé à demander le divorce ?
A-t-il tenté de se créer une autre existence par ailleurs ? Non ! Parce qu'il l'aimait. Parce qu'il savait
qu'elle avait besoin de lui et qu'un jour elle lui re-
viendrait. Le mot qu'il a dit à une jeune fille qui est
venue déposer ici, Messieurs les Jurés, et dans lequel
on a voulu voir comme une menace à la vie de sa
femme, nous montre au contraire, si nous nous don-
nons la peine d'y réfléchir, sa nostalgie d'une vie
propre et régulière. Que lui a-t-il murmuré, au moment

où ce sont d'habitude d'autres paroles que l'on prononce ?

« — Toi, si tu étais ma femme, je te ferais tout de suite un enfant ! »

« Il a ajouté cette phrase plus révélatrice encore :

« — Tu as une tête à avoir des enfants ! »

« Il buvait parfois avec excès, comme tant d'êtres qui sont convaincus que leur vie est gâchée. Il est à remarquer, néanmoins, que ses ivresses ne l'ont jamais empêché de se rendre le lendemain à son travail...

Jouve parlait d'une voix vibrante qui, parfois, se cassait brusquement, et on sentait alors que, pris à ses propres phrases, il était réellement ému.

— Chaque année, Messieurs les Jurés, dans quelques grandes villes de France, on découvre des corps de femmes abandonnés dans un terrain vague ou jetés dans la rivière. Neuf fois sur dix, il s'agit de prostituées ou de femmes menant la vie que menait Mariette Lambert.

« Sur quelle espèce d'hommes exercent-elles une fascination morbide qui pousse ceux-ci à tuer et souvent à mutiler le cadavre ? Il est presque impossible de répondre à la question, car les statistiques vous diront qu'il est rare que ces assassins-là soient découverts.

« Cela constitue un des chapitres les plus mystérieux dans les annales de la criminalité et Mariette Lambert n'est qu'un cas de plus dans une catégorie qui en comporte des centaines.

« Pourquoi, alors que sa fin ressemble à toutes les autres du même genre, que nous y retrouvons toutes les caractéristiques familières, a-t-on cherché, cette fois, le coupable dans son entourage immédiat ?

« Le quartier de la Boule d'Or...

Il le peuplait de braves gens, évoquait la petite fille qui était allée chercher du pain à la boulangerie, mais il y faisait passer aussi, au ras des maisons, des ombres inquiétantes, des détraqués, des maniaques attirés par le mystère des ruelles et des recoins sombres.

Il citait des chiffres empruntés à des psychiatres et à des sociologues.

— L'assassin de Mariette, Messieurs les Jurés, n'appartient pas nécessairement à un milieu vulgaire et mal policé. Les précédentes expériences tendraient, au contraire, à indiquer que ces tueurs-là se recrutent plus souvent dans les couches stables de la société...

Lambert écoutait avec attention, le front plissé, comme un étudiant à son cours. Les jurés, parut-il à Lhomond, étaient quelque peu mal à l'aise, mais ils ne perdaient pas une syllabe de l'avocat.

Celui-ci, ayant tenté d'établir que l'assassinat de Mariette Lambert était un crime de fou ou de dégénéré, s'écriait en désignant l'accusé :

— Or, c'est lui qu'on accuse aujourd'hui, l'homme qui, depuis six ans...

Il s'efforçait ensuite de démontrer que Lambert s'était trouvé dans l'impossibilité de commettre le crime qu'on lui reprochait. Il reprenait, comme Armemieux l'avait fait, mais avec d'autres couleurs, l'itinéraire que Lambert avait suivi, presque tout le temps solitaire, de bar en bar.

Une voisine l'avait vu traverser la rue en titubant.

La petite fille qui revenait de la boulangerie était à quelques pas de lui quand il avait poussé sa porte et que la bouteille de vin rouge s'était brisée sur le plancher.

N'était-il pas vraisemblable, comme l'accusé l'affirmait, qu'il s'était écroulé, ivre mort, sur les premières marches de l'escalier ?

Fallait-il supposer que, plus tard, avant onze heures du soir, il était revenu à lui, assez d'aplomb, assez remis de son ivresse pour tuer Mariette et pour transporter son corps sur la voie du chemin de fer ?

— Et d'abord, qu'on me dise pour quelle raison il serait allé la déposer sur la voie ! Afin de rendre son identification impossible ? La robe rouge et le manteau vert de sa femme étaient connus de tout le quartier. Afin de faire croire à un accident ? Qu'est-ce que Mariette serait allée faire, seule, la nuit, sur la voie du chemin de fer ?

Jouve devait avoir confiance en lui car, après avoir écarté le mobile de la jalousie, qui aurait pu valoir à l'accusé les circonstances atténuantes, il écartait avec autant de dédain l'hypothèse de l'accident.

Lui qui, trois jours plus tôt, conseillait à son client de plaider coupable, jouait maintenant le tout pour le tout.

Sa trouvaille, c'était le parallèle entre la mort de Mariette Lambert et celle des filles publiques dont on découvre le cadavre derrière quelque palissade et dont le mystère n'est jamais élucidé.

L'argument avait visiblement impressionné le jury. Dès lors, il ne s'agissait plus de chercher des raisons au meurtre et Lambert devenait moins susceptible que quiconque de l'avoir commis.

— Des preuves, Messieurs les Jurés, l'accusation n'en fournit aucune, et elle n'a même pas pu produire l'arme du crime. Quant aux présomptions...

Lhomond fut un peu nerveux en voyant Jouve se servir d'arguments qu'il lui avait indirectement fournis.

— Je peux, en quelques minutes, aligner autant de

présomptions contre une demi-douzaine de personnes pour le moins et, si vos jugements devaient reposer sur des bases aussi hasardeuses, nul ne serait plus à l'abri des pires accusations.

« Nous avons vu ici même deux témoins qui...

La fin, trop sentimentale, tomba dans le roman populaire.

— ... Et j'ai confiance que vous acquitterez cet homme qui, pendant des années, s'est efforcé en vain de se créer un foyer respectable. Qui sait si, demain, certaine parole qu'il a prononcée ne deviendra pas prophétique. N'a-t-il pas dit :

« — Un jour, peut-être, nous aurons des enfants. »

Il trichait. Sa citation n'était pas tout à fait exacte. C'était risqué d'évoquer la figure d'Hélène Hardoin, dont Armemieux avait d'abord songé à se servir pour établir la préméditation, qu'il avait abandonnée par la suite.

Il y eut un grand silence. On entendit seulement, au fond de la salle, le jaillissement d'un sanglot qu'une femme avait été incapable de retenir.

Lambert, pendant la dernière partie de la plaidoirie, avait tenu la tête dans ses bras repliés, peut-être sur le conseil de son avocat, de sorte qu'on pouvait croire qu'il pleurait ou était profondément ému.

A cause de la hâte qu'il avait d'en finir, Lhomond n'annonça pas de suspension comme on s'y attendait. Il avait l'impression, maintenant, que l'affaire lui avait échappé des mains, continuait, par la force acquise, le mouvement qu'il lui avait imprimé.

N'était-il pas dérouté, inquiet, de voir les choses aller plus loin, plus vite qu'il l'avait pensé ?

Dans le résumé des charges qu'il avait préparé, il prenait un à un chaque témoignage, s'efforçant de déterminer le poids de chacun et de relever les contradictions. La question des heures, des allées et venues des personnages, jouait un rôle capital qu'il avait étudié à fond.

Il faillit, parce que c'était devenu superflu, ne pas se servir de ses notes et, au lieu de les suivre une à une, se contenta d'y puiser les faits les plus saillants.

L'élément essentiel, c'était l'élément temps et il fit ressortir les divergences de vue entre le professeur Lamoureux et le docteur Bénis.

Non seulement on n'avait pu établir l'heure à laquelle le crime avait été commis, ni le genre d'instrument employé, mais il était impossible de dire où Mariette avait été tuée.

A huit heures du soir, elle se trouvait, autant qu'on en puisse juger, au coin de la rue du Chemin-de-Fer et avait manifesté son intention d'aller se coucher. Personne, cependant, ne l'avait vue entrer chez elle et on n'avait pas d'indication qu'elle l'ait fait.

A cette heure-là, Lambert, lui, était-il rentré ?... C'était une question de minute. La petite Jeanine Rieu se trouvait à la boulangerie quand l'horloge y marquait huit heures et, quelques instants plus tard, avait vu l'accusé rentrer chez lui.

Il était ivre. Avait-il trouvé sa femme, qui aurait pu rentrer quelques instants avant lui ? Est-ce à ce moment-là qu'il l'avait frappée dans un mouvement de colère ?

Si oui, il était probable qu'il n'était pas en état de la transporter immédiatement sur le remblai. C'est d'ailleurs un peu avant onze heures, seulement, que la sage-femme avait vu un homme descendre l'escalier de pierre.

S'était-il endormi et avait-il cuvé son alcool près

du cadavre pour, se réveillant plus tard, décider de
s'en débarrasser en le portant sur la voie ?

C'était une hypothèse et les jurés auraient à décider
si les faits étaient suffisamment établis pour ne pas
laisser place à un raisonnable doute.

Mariette était-elle rentrée avant son mari et avait-
elle eu le temps de monter au premier étage ? N'était-
ce que plus tard dans la soirée, qu'après avoir repris
conscience, il était monté à son tour et l'avait tuée ?

Pour l'admettre, il fallait supposer que Mariette
s'était couchée tout habillée, sans retirer son manteau
ni ses chaussures, ce qui était peu probable, ou encore
que l'accusé avait été capable de rhabiller le cadavre,
ce que les médecins et les policiers considéraient
comme une opération difficile à laquelle Lambert ne
semblait pas en état de se livrer, même après deux
ou trois heures de sommeil dans l'escalier.

Rien ne prouvait qu'il était resté étendu toute la nuit
sans reprendre connaissance, mais rien ne prouvait
qu'il était sorti de la maison de la rue Haute.

Rien ne prouvait que ce n'était pas lui que la sage-
femme avait vu descendre l'escalier de pierre.

Rien ne prouvait qu'il n'avait pas tué sa femme
à l'aide d'un marteau et qu'il ne s'était pas débarrassé
ensuite de celui-ci d'une façon ou d'une autre.

— La Cour rappelle aux jurés qu'en cas de doute,
celui-ci doit bénéficier à l'accusé. Je vais maintenant
donner lecture des questions auxquelles le jury aura
à répondre en son âme et conscience, au mieux de
sa connaissance, sans se laisser impressionner par des
considérations étrangères aux faits de la cause.

« Question 1. — L'accusé est-il coupable d'avoir,
le 19 mars, entre huit heures du soir et une heure du

matin, donné volontairement la mort à Mariette Lambert, son épouse ?

« Question 2. — L'accusé est-il coupable d'avoir tenté de faire porter les soupçons sur une ou plusieurs autres personnes en allant déposer le corps sur la voie du chemin de fer, l'exposant ainsi à une mutilation inévitable ?

« Question 3. — L'accusé a-t-il agi avec préméditation ?

Il était épuisé, comme si, pour en arriver à ces trois phrases essentielles, il avait eu à remuer des mondes.

— Les jurés et la Cour se retirent pour délibérer.

Il se leva, se coiffa et se dirigea vers la Salle du Conseil où ses assesseurs le suivirent et où les jurés entrèrent l'un après l'autre, hésitant à prendre place sur les chaises gothiques préparées autour de la grande table.

Quelques années plus tôt, ils auraient été livrés à eux-mêmes et auraient eu à prendre la responsabilité de leur décision.

Selon la nouvelle loi, ils étaient maintenant sur un pied d'égalité avec les juges autour de la table, avec chacun la même voix.

— Madame, Messieurs, je suis à la disposition des jurés qui auraient des questions à poser.

Ils étaient trop impressionnés, au début, pour oser prendre la parole.

Chacun, pour s'encourager, regardait ses voisins et ce fut Mme Falk qui, la première, eut un léger mouvement, qu'elle parut regretter quand le Président lui donna la parole.

— Je n'ai pas très bien compris la portée de la

deuxième question et je me demande si la réponse est susceptible de changer la peine.

— Certainement, répondit-il. La première question vise l'article 295 du Code Pénal qui se lit comme suit :

« *L'homicide commis volontairement est qualifié meurtre.*

« La seconde question vise l'article 304 qui spécifie :

« *Le meurtre comportera également la peine de mort lorsqu'il aura pour objet, soit de préparer, faciliter ou excuser un délit, soit de favoriser la fuite ou d'assurer l'impunité des auteurs ou complices de ce délit.*

« Enfin, l'article 304 dit clairement :

« *En tout autre cas, le coupable de meurtre sera puni des travaux forcés à perpétuité.*

L'agent d'assurances, encouragé par l'exemple de Mme Falk, demanda à son tour :

— Et s'il y a préméditation ?

— L'accusé tombe alors sous le coup de l'article 296.

« *Tout meurtre commis avec préméditation ou guet-apens est qualifié assassinat.*

Il ajouta :

— Auquel cas l'article 302 prévoit la peine de mort.

Cela rendit les visages plus graves, chacun se rendant soudain mieux compte que c'était la vie d'un homme que leur petit groupe allait décider.

Delanne observait les visages et prenait un vif intérêt dans les expressions de chacun tandis que Frissart fixait la table d'un air mécontent.

— La police a-t-elle vraiment suivi toutes les pistes possibles ? questionna un des jurés, qui était architecte de son métier et faisait de l'aquarelle pour son plaisir.

— Je peux vous affirmer que le commissaire Belet est un des officiers de Police Judiciaire les plus actifs et les plus compétents et qu'il a dirigé l'enquête avec toute la diligence désirable.

— Existe-t-il un puits dans la cour de la maison ? Je connais quelque peu les rues de ce vieux quartier et...

— Il y en a un. Un homme y est descendu plusieurs fois, n'y a trouvé trace ni du marteau ni d'aucun autre objet, sinon un seau percé et mangé de rouille qui devait s'y trouver depuis de nombreuses années.

— Mariette Lambert n'avait pas d'assurance-vie ? demanda l'agent d'assurances.

— Non. Comme il a été dit à l'audience, elle ne possédait que ses vêtements et quelques bijoux sans valeur qui ont été retrouvés.

Un autre juré, un marchand de biens d'une soixantaine d'années, posa une question à son tour :

— Sait-on si Gelino lui donnait de l'argent ?

— Il prétend que non et il a été impossible de prouver le contraire. Autant qu'on en peut juger, c'est plutôt le genre d'homme à prendre l'argent des femmes qu'à leur en donner.

— L'a-t-il fait ?

— Nous n'avons que sa parole sur ce point. Il affirme que non.

— Et Joseph Pape ?

— Pape, en principe, remettait à sa mère ce qu'il gagnait et elle lui allouait très peu d'argent de poche. Les derniers temps, il lui est arrivé, pour sortir avec Mariette, d'emprunter à ses camarades et, quelques jours avant le crime, il a revendu la montre qu'il tenait de son père.

— La jalousie n'aurait-elle pas pu le pousser à tuer Mariette Lambert ? Il avoue qu'il a suivi le couple et que, du trottoir, il a presque assisté à ses ébats. A huit heures du soir, il s'est trouvé avec Mariette au coin de la rue du Chemin-de-Fer.

— S'il l'a assassinée à ce moment-là, il a dû attendre jusqu'à onze heures du soir pour porter son cadavre sur la voie, ou bien l'homme que sa tante a aperçu descendant l'escalier de pierre n'a rien à voir avec l'affaire et est passé près du corps sans l'apercevoir.

— A moins que Pape ait proposé à sa compagne de se rendre dans le quartier des Genettes, où se trouve la Maison Bleue, et qu'il l'ait assassinée en traversant les voies.

C'était la première fois que quelqu'un émettait cette hypothèse qui, après tout, était aussi plausible que les autres.

Ce fut encore Mme Falk qui, la première, eut le courage d'une opinion sur la culpabilité ou l'innocence de Lambert. Elle l'émit sans regarder personne, tant elle était impressionnée par son audace.

— Je ne pense pas qu'un homme comme l'accusé, s'il avait tué sa femme, aurait eu l'idée de la transporter ensuite sur la voie. Il est incontestable qu'il l'aimait, tout au moins à sa façon, et on ne fait pas déchiqueter par un train le corps d'un être qu'on aime.

— On pourrait dire aussi, riposta Frissart sèchement, qu'on ne tue pas la personne qu'on aime, alors que les faits démentent périodiquement le contraire.

— Ce n'est pas la même chose !

Pendant près d'un quart d'heure, tout le monde discuta, moins du procès Lambert, que du crime passionnel en général. A la fin, Lhomond proposa :

— Peut-être pourrions-nous procéder à un premier scrutin sur la question numéro 1 ?

Il savait d'avance que Frissart voterait « oui ». Il était moins sûr de la position de Delanne, qui était un homme imprévisible. Il aurait parié pour un « non » de la part de Mme Falk ainsi que de deux autres jurés.

Il distribua lui-même les bouts de papier et, après quelques instants, chacun déposa le sien, plié en quatre, dans un pot de cuivre qui, depuis des années, servait d'urne.

— Je demanderai au juge Delanne de bien vouloir procéder au dépouillement du scrutin.

Ils étaient dix à voter, sept jurés et trois magistrats. Après une hésitation, Lhomond avait déposé un bulletin blanc.

Il prévoyait plusieurs tours et il en eut la quasi-certitude quand les deux premiers bulletins sortis de l'urne s'avérèrent être un « oui » et un « non ».

Il y eut deux autres « oui » coup sur coup, après quoi tous les bulletins qui suivirent, sauf le bulletin blanc, portaient le mot « non ».

La stupeur fut presque palpable autour de la table. On aurait dit que chacun de ceux qui avaient voté « non » s'étaient attendus à être seuls à prendre cette position. Peut-être voulaient-ils ainsi décharger leur conscience en laissant à d'autres le soin de demander une condamnation ?

Frissart pinça les lèvres, haussa les épaules et Lhomond n'aima pas le regard qu'il lui lançait. Delanne prononçait :

— Je demanderai à un membre du jury — il était tourné vers Mme Falk — de bien vouloir contrôler les bulletins.

Aucune erreur n'était possible. Par six voix contre

trois et une abstention, Dieudonné Lambert, bénéficiant du doute, était déclaré innocent.

Lhomond se leva, aussi troublé que les autres. La plupart des spectateurs, s'attendant à une longue délibération, devaient arpenter les couloirs ou fumer une cigarette sur le péristyle. Dans la pièce qui lui était réservée et où il était seul avec ses gardes et son avocat, Lambert montrait-il le même sang-froid que pendant les débats ?

Beaucoup d'avocats appartenant au Jeune Barreau, venus écouter la plaidoirie de Jouve, qui était l'un des leurs, attendaient le verdict avec curiosité.

Lhomond appela Joseph pour le charger de rappeler le public. Pendant les quelques minutes qu'ils eurent à attendre, personne ne parla et on n'aurait pas pu dire quel sentiment dominait, du soulagement d'en avoir fini ou de la crainte de n'avoir pas pris la bonne décision.

— La Cour !

Le banc où Lambert venait de passer deux jours à attendre qu'on décide de son sort était vide. Des spectateurs, dans la salle, restaient debout, le cou tendu, et Jouve, à sa place, était blême.

— Faites entrer l'accusé.

Celui-ci n'avait pas le visage plus coloré que son avocat et s'efforçait de maintenir une sorte de rictus sur ses lèvres. Il resta debout, lui aussi.

— La réponse du jury à la première question est : « Non. »

On entendit un « ah ! » monter de la foule, où quelques applaudissements éclatèrent, et Jouve fut si ému qu'il dut se cramponner à son banc.

Lambert, lui, semblait n'avoir pas compris et regardait le Président avec l'air de faire un effort.

— L'accusé est libre.

Cette fois, il n'y avait plus de doute dans son esprit et le rictus disparut de son visage, se transforma en un sourire surpris, amusé.

Lhomond qui, fasciné ne le quittait pas des yeux, eut l'impression qu'il y avait quelque chose de moqueur, comme d'apitoyé, dans ce sourire-là, qui s'adressait directement à lui. Ce fut bref. Est-ce que, d'un imperceptible mouvement de la tête, Lambert ne lui avait pas dit un « merci » ironique ?

Maintenant, et tandis que le flot des spectateurs piétinait dans l'allée centrale en se dirigeant vers la sortie, les yeux de Lambert se tournaient vers la salle où les yeux de Lucienne Girard les attendaient. Elle restait seule, immobile, au milieu de sa rangée. Est-ce qu'ils s'étaient rencontrés auparavant ? C'était improbable. Cela ne les empêchait pas maintenant, par-delà l'espace, d'échanger une sorte de promesse et de se donner rendez-vous.

Peut-être à cause des paroles du Président, et ignorant que Lambert avait encore des formalités à remplir, allait-elle l'attendre à la sortie ?

Lhomond l'avait prévu. Ce n'était pas cela qui l'humiliait, mais ce qu'il avait cru lire dans le regard de Dieudonné Lambert quand il s'était posé sur lui.

Un instant même, il se fit l'effet d'un de ces naïfs que Gelino accostait le soir dans les rues pour les tenter avec un faux diamant soi-disant volé.

Armemieux, dans la Salle du Conseil, se contenta de lui demander :

— Satisfait ?

Il répondit franchement :

— Je me le demande.

Le Procureur Général eut l'élégance de murmurer :

— Moi aussi.

Lhomond se dirigea vers son cabinet, où son greffier le débarrassa des attributs de sa charge. Il redevenait un homme comme les autres. Il lui semblait, ce soir-là, que la lumière était plus grise, les murs plus nus que d'habitude.

— Vous allez pouvoir vous reposer, Monsieur le Président. Ce procès, dans l'état où vous êtes, a dû être une dure épreuve.

Il répondit « oui » sans réfléchir, serra la main du bon Landis, qui n'était pas fâché non plus que ce soit fini. Comme il s'avançait dans le couloir mal éclairé, il aperçut une silhouette et reconnut Chouard qui avait l'air d'attendre quelqu'un, fronça les sourcils, continua à marcher, et le docteur vint à sa rencontre.

— Je ne savais pas que vous fréquentiez le Palais.

Il s'efforçait de penser que cette rencontre était fortuite, mais, comme Chouard ne disait toujours rien, il ne douta plus qu'il fût là pour lui.

— Que se passe-t-il, docteur ? Ma femme ?

Chouard fit « oui » de la tête.

— Une crise ?

— Oui.

— Plus grave que les autres ?

Le nouveau silence était éloquent.

— Elle est morte ?

— Cet après-midi, vraisemblablement vers trois heures.

— Comment se fait-il que ce soit seulement maintenant...

L'idée ne lui venait pas de rentrer dans son cabinet, ni de quitter le couloir où ils étaient seuls dans une quasi-pénombre.

— La cuisinière, en montant vers quatre heures et demie, l'a trouvé morte à côté du lit, sur le plancher. Elle m'a aussitôt téléphoné et je n'ai pu que constater le décès.

Lhomond n'osait pas lui demander si Laurence avait pris une dose trop forte de son médicament. Ce ne fut d'ailleurs pas la première idée qui lui vint à l'esprit. Sa première idée fut que, désormais, il était seul.

— Elle était réellement malade ?

— Elle m'avait interdit d'en parler à qui que ce fût et à vous en particulier.

— Pourquoi ?

Il ne comprenait pas. Cela le gênait, un peu à la façon dont il avait été gêné tout à l'heure par le regard de Lambert, et, cette fois aussi, il se sentait humilié.

— Depuis quand ?

— Elle devait avoir trente-quatre ans quand elle est venue me consulter pour la première fois. J'ai diagnostiqué une hypertrophie du cœur. Elle avait le cœur d'une femme de cinquante ans.

— A cause de quoi ?

— Probablement de naissance. Je l'ai soignée de mon mieux. J'ai pris conseil d'un spécialiste.

— C'est vous qui lui avez ordonné de garder le lit ?

— Je l'ai suppliée, au contraire, de mener une vie normale, tout en évitant les excès.

Touchant le bras de Lhomond, il ajouta :

— Ma voiture est à la porte.

En chemin, dans l'ombre de l'auto, Lhomond demanda encore :

— Comment se fait-il qu'elle soit tombée sur le plancher ?

— C'est fréquent, dans son cas.

— En se débattant ?

Chouard ne répondit pas.

— Elle a beaucoup souffert ?

Quelqu'un, tout à l'heure, avait posé la même question en parlant de Mariette Lambert.

— Je pense que cela a été assez rapide.

Chouard ne monta pas avec lui, resta en bas. Au second, Lhomond trouva Léopoldine dans le couloir et elle lui demanda :

— Vous avez vu le docteur ?

Elle n'avait pas pleuré, mais elle était impressionnée.

— J'aurais juré que sa maladie...

Elle se tut. Lhomond savait ce qu'elle avait voulu dire. Sur ce point-là, tout au moins, il s'était trompé aussi, comme il s'était demandé tout à l'heure, à cause d'un certain sourire sur le visage de Dieudonné Lambert, s'il ne s'était pas trompé sur le compte de celui-ci.

Il referma la porte derrière lui. On avait installé Laurence sur son lit, à peu près dans la pose qui lui était familière, et ses narines s'étaient pincées, ses lèvres paraissaient plus minces et plus énigmatiques que de son vivant.

Il ne s'approcha pas d'elle, n'éprouva pas le besoin de l'embrasser une dernière fois, ni de la toucher. Il ne la regardait même pas en face, mais à la dérobée, furtivement, comme si elle était encore en mesure de le juger.

Il s'était souvent demandé, pendant leur vie commune, ce qu'elle pensait de lui, et il ne le saurait jamais. S'était-elle trompée sur son compte ? L'avait-elle vu tel qu'il était ?

Et lui, de son côté, l'avait-il vue sous son vrai jour ?

Sans doute ignorait-il toujours si Dieudonné Lambert

avait tué sa femme, si ce n'était pas un assassin qu'il avait remis en liberté ce jour-là et à qui Lucienne Girard, sans qu'il fût besoin de paroles, avait promis de l'attendre ?

Son regard tomba sur la sonnette d'argent restée à sa place près de la bouteille presque pleine. On ne l'accuserait donc pas. Il n'aurait pas à se défendre.

Quelque chose, au fond de lui-même, lui disait qu'il ne s'était pas trompé en ce qui concernait Laurence, et il ne pouvait s'empêcher de lui en vouloir d'avoir trouvé le moyen, en mourant, d'avoir le dernier mot.

On avait oublié d'allumer du feu dans sa chambre, qu'il traversa pour aller se verser un verre d'eau dans la salle de bains, car il avait la gorge sèche. Il se vit dans le miroir, les yeux anxieux, presque fuyants, les traits burinés, et il prit soudain conscience du vide de la maison, s'imagina le soir, dans sa chambre, entouré d'un silence que rien ne viendrait plus troubler.

Il ne comprit pas tout de suite qu'il n'avait plus de raison de passer ses soirées dans la pièce. Une panique s'empara de lui, jusqu'à ce qu'une solution se présentât à son esprit.

Il ne l'avoua jamais à personne, à plus forte raison à l'intéressée : ce fut à ce moment-là, avant de descendre pour retrouver Chouard qui l'attendait dans la bibliothèque, qu'il décida d'épouser Germaine Stévenard.

FIN.

Le 27 septembre 1954.

OUVRAGES DE GEORGES SIMENON

AUX PRESSES DE LA CITÉ (suite)

« TRIO »

I. — La neige était sale – Le destin des Malou – Au bout du rouleau
II. — Trois chambres à Manhattan – Lettre à mon juge – Tante Jeanne
III. — Une vie comme neuve – Le temps d'A-naïs – La fuite de Monsieur Monde
IV. — Un nouveau dans la ville – Le passager clandestin – La fenêtre des Rouet
V. — Pedigree
VI. — Marie qui louche – Les fantômes du cha-pelier – Les 4 jours du pauvre homme
VII. — Les frères Rico – La jument perdue – Le fond de la bou-teille
VIII. — L'enterrement de M. Bouvet – Le grand Bob – Antoine et Julie

AUX ÉDITIONS FAYARD

Monsieur Gallet, décédé
Le pendu de Saint-Pho-lien
Le charretier de la Pro-vidence
Le chien jaune
Pietr-le-Letton
La nuit du carrefour
Un crime en Hollande
Au rendez-vous des Terre-Neuvas
La tête d'un homme

La danseuse du gai mou-lin
Le relais d'Alsace
La guinguette à deux sous
L'ombre chinoise
Chez les Flamands
L'affaire Saint-Fiacre
Maigret
Le fou de Bergerac
Le port des brumes
Le passager du « Po-larlys »

Liberty Bar
Les 13 coupables
Les 13 énigmes
Les 13 mystères
Les fiançailles de M. Hire
Le coup de lune
La maison du canal
L'écluse nº 1
Les gens d'en face
L'âne rouge
Le haut mal
L'homme de Londres

A LA N. R. F.

Les Pitard
L'homme qui regardait passer les trains
Le bourgmestre de Fur-nes
Le petit docteur

Maigret revient
La vérité sur Bébé Donge
Les dossiers de l'Agen-ce O
Le bateau d'Émile
Signé Picpus

Les nouvelles enquêtes de Maigret
Les sept minutes
Le cercle des Mahé
La bilan Malétras

ÉDITION COLLECTIVE SOUS COUVERTURE VERTE

I. — La veuve Couderc – Les demoiselles de Concarneau – Le coup de vague – Le fils Cardinaud
II. — L'Outlaw – Cour d'assises – Il pleut, bergère... – Bergelon
III. — Les clients d'Avre-nos – Quartier nègre – 45º à l'ombre
IV. — Le voyageur de la Toussaint – L'assas-sin – Malempin
V. — Long cours – L'évadé
VI. — Chez Krull – Le suspect – Faubourg
VII. — L'aîné des Fer-chaux – Les trois cri-mes de mes amis
VIII. — Le blanc à lunette – La maison des sept jeunes filles – Oncle Charles s'est enfermé
IX. — Ceux de la soif – Le cheval blanc – Les inconnus dans la mai-son
X. — Les noces de Poi-tiers – Le rapport du gendarme G. 7
XI. — Chemin sans issue – Les rescapés du « Télémaque » – Tou-ristes de bananes
XII. — Les sœurs Lacroix – La mauvaise étoile – Les suicidés
XIII. — Le locataire – Monsieur La Souris – La Marie du Port
XIV. — Le testament Donadieu – Le châle de Marie Dudon – Le clan des Ostendais

SÉRIE POURPRE

Le voyageur de la Toussaint   La maison du Canal   La Marie du Port

ACHEVÉ D'IMPRIMER LE
21 MARS 1974 SUR LES
PRESSES DE L'IMPRIMERIE
BUSSIÈRE, SAINT-AMAND (CHER)

— Nᵒ d'édit. 1964. — Nᵒ d'imp. 272. —
Dépôt légal : 1ᵉʳ trimestre 1965.
Imprimé en France